EL PESO DEL CRISTAL

Natasha Martín

Aliarediciones

Corrección: Ana Collado
Diseño de cubierta: Pablo Arellano
Maquetación: Aliar Ediciones

Depósito Legal: GR 369-2026
ISBN: 979-13-88058-98-1

Impreso en España

Edita
ALIAR Ediciones
www.aliarediciones.es
info@aliarediciones.es

EL PESO DEL CRISTAL

Natasha Martín

Capítulo I

LA TIENDA

Amaranthe volvió a Santillana del Mar un martes gris. Condujo despacio por las calles empedradas y tuvo la sensación incómoda de estar entrando en un lugar que no había terminado de olvidarla.

No había cambiado nada. O eso parecía.

Las fachadas seguían con el mismo tono apagado, las persianas bajaban a la misma hora y las campanas sonaron con una puntualidad excesiva. El pueblo no parecía viejo, sino detenido.

Aparcó cerca de la plaza y tardó unos segundos en salir del coche. La maleta, pequeña, descansaba en el asiento trasero. No lloró. Aún no. Algunas penas necesitan esperar.

Empezó a caminar sin rumbo. Reconocía las calles sin recordar haberlas aprendido. Pensó en su madre, en la facilidad con la que desviaba cualquier conversación sobre el pueblo, en el silencio que siempre seguía a su nombre.

Fue entonces cuando la vio.

La tienda seguía abierta.

El rótulo estaba torcido y las letras doradas, apagadas por los años. En el escaparate, las copas descansaban alineadas con una precisión que no parecía pensada para vender. No recordaba haber entrado nunca allí, pero supo que aquel lugar había estado presente toda su vida, aunque nadie lo hubiera nombrado.

Empujó la puerta.

La campanilla sonó demasiado clara para un espacio tan quieto. Dentro hacía calor. Las estanterías de madera oscura cubrían las paredes y sostenían copas de todas las formas imaginables. El aire olía a polvo y a algo más antiguo, como los cajones que no se abren durante años.

—Has vuelto.

La voz la sobresaltó.

Detrás del mostrador había una mujer muy vieja, pequeña, casi frágil. Sus ojos, sin embargo, estaban despiertos.

—¿Nos conocemos? —preguntó Amaranthe.

La mujer sonrió apenas.

—Todavía no.

—Me llamo Amaranthe.

—Lo sé —respondió—. Tu madre te puso ese nombre aquí.

El pecho se le cerró.

—Mi madre ha muerto —dijo—. Solo estaré unos días.

La mujer asintió con lentitud.

—Nadie vuelve solo unos días —contestó—. Se vuelve cuando algo empieza a moverse.

Amaranthe apoyó la mano en el mostrador. La madera estaba tibia, gastada por muchas manos.

—Soy Avelina —añadió—. Esta tienda lleva abierta más tiempo del que parece razonable. Antes venían a comprar copas. Luego, venían por otras cosas.

—¿Qué cosas?

Avelina miró alrededor.

—Por alivio. Por silencio.

Antes de que Amaranthe pudiera responder, algo atrajo su atención.

En la estantería más baja, casi escondida, había una copa pequeña, de cristal grueso, con el borde irregular. Parecía pulida después de una rotura, salvada a fuerza de paciencia.

Amaranthe se agachó sin pensarlo.

—Esa no —dijo Avelina.

El tono fue distinto.

—¿Por qué?

—Porque esa no se vende.

—No parece especial.

Avelina la miró con una tristeza breve.

—Las cosas que más daño hacen nunca lo parecen.

Amaranthe observó la copa. No reflejaba la luz como las demás; parecía absorberla. Sintió un ligero vértigo.

—¿Qué guarda?

—No guarda —corrigió Avelina—. Resiste.

Se acercó y colocó la mano frente a ella, sin tocarla.

—Fue la primera que intentaron romper —añadió—. Y la única que no se dejó.

—¿De quién es?

Avelina sostuvo su mirada.

—De alguien que amó más de lo que pudo permitirse —respondió—. Y que creyó que olvidar era una forma de proteger.

El silencio se instaló entre ambas.

—Esa copa no debe tocarse —dijo Avelina— hasta que alguien esté dispuesto a recordar sin huir.

Amaranthe salió de la tienda sin saber cuánto tiempo había pasado dentro. El aire frío de la calle la hizo parpadear. Se sentó en un banco de la plaza. El pueblo seguía su ritmo, intacto, como si nada hubiera ocurrido.

Pensó en su madre. En lo fácil que siempre había sido aceptar su silencio.

La casa familiar estaba igual que siempre. El olor a cerrado, las cosas en su sitio. En una fotografía, su madre aparecía sentada a su lado, pero miraba fuera del encuadre. Amaranthe no recordaba haber reparado antes en ese detalle.

Esa noche durmió mal. Soñó con la tienda, vacía, y con la copa del borde irregular en el suelo. Su madre la sostenía con ambas manos. No hablaba.

A la mañana siguiente, desayunó en un bar de la plaza. Desde el ventanal vio el escaparate de la tienda. A plena luz del día parecía inofensiva.

Se quedó al otro lado de la calle.

La puerta se abrió.

Avelina apareció en el umbral con un pañuelo antiguo entre las manos.

—Esto es tuyo —dijo.

Amaranthe cruzó la calle.

Dentro del pañuelo había una llave vieja, de hierro, gastada.

—Tu madre me pidió que te la diera si volvías —añadió Avelina—. Dijo que entonces entenderías.

—¿Qué abre?

—La copa no se rompe sin antes abrir algo.

Avelina dio un paso atrás.

—No entres hoy —dijo—. Déjale una noche más al recuerdo.

La puerta se cerró. La campanilla no sonó.

Amaranthe apretó la llave contra la palma. Estaba tibia.

Entonces lo supo: no había vuelto para despedirse de su madre, ni siquiera para recordar.

Había vuelto para abrir algo que llevaba años cerrado.

Y, esta vez, recordar ya no sería una elección.

Capítulo II

LA LLAVE

La llave pasó la noche sobre la mesilla, a medio camino entre el vaso de agua y el libro que Amaranthe no consiguió leer. No la tocó antes de dormir, pero sabía exactamente dónde estaba. A ratos le parecía oírla moverse, como si el metal reaccionara al frío. O quizá era la casa.

Se levantó antes de que sonaran las campanas. La luz entraba indecisa por la ventana y el pueblo aún parecía suspendido en un sueño del que no terminaba de despertar. Se sentó en el borde de la cama y cogió la llave. Pesaba más de lo que esperaba. O quizá era ella quien estaba menos preparada para sostenerla.

En la cocina, mientras preparaba café, abrió un cajón al azar. Dentro había un llavero antiguo, sin llaves, con una inscripción casi borrada. No recordaba haberlo visto antes. Lo dejó donde estaba y cerró el cajón con cuidado.

Desayunó de pie. El café sabía fuerte. Pensó en Avelina, en su advertencia —«no entres hoy»— y en la forma en que había pronunciado la palabra «recuerdo», como si no fuera algo pasivo, sino una presencia con voluntad propia.

Se puso el abrigo y salió.

El pueblo empezaba a moverse con la lentitud de siempre. Un hombre barría la entrada de su casa, una mujer abría las ventanas del primer piso, alguien descargaba cajas frente a la tienda de comestibles. Todo parecía normal. Demasiado.

La tienda estaba cerrada.

Amaranthe se detuvo frente al escaparate. El interior estaba a oscuras y el cristal le devolvía su propio reflejo. Apoyó la mano en el vidrio. Estaba frío.

—¿Buscas a Avelina?

La voz la sobresaltó.

Un hombre mayor estaba de pie a su lado. Vestía una chaqueta oscura y la miraba con una atención difícil de sostener.

—La tienda abre cuando tiene que abrir —añadió—. No siempre a la misma hora.

—¿La conoce? —preguntó Amaranthe.

El hombre dudó apenas un segundo.

—Todos la conocemos —respondió—. Pero no todos entramos.

Se alejó sin despedirse.

Amaranthe dio un paso atrás. Fue entonces cuando lo vio.

En la esquina inferior del escaparate había una grieta fina, irregular, apenas visible. Pasó el dedo por el cristal. Estaba intacto.

La grieta no estaba fuera.

Estaba dentro.

Sintió un golpe seco en el pecho. Miró a su alrededor. Nadie parecía haberlo notado. Pensó en marcharse, en volver a casa, en cerrar la puerta con llave como si eso bastara. Pero la llave en el bolsillo pesaba demasiado.

Empujó la puerta.

La campanilla sonó apagada. Dentro, la tienda estaba en penumbra. El silencio era distinto, más denso.

La copa del borde irregular ya no estaba en la estantería baja. Descansaba ahora sobre el mostrador, colocada en el centro exacto. El cristal parecía más opaco, más grueso. La luz de la mañana no lograba atravesarlo.

—Te dije que no entraras hoy.

Avelina estaba detrás del mostrador. Parecía más cansada. O más ligera. Amaranthe no supo decirlo.

—Se ha movido —dijo.

—Sí.

—Yo no la toqué.

—Lo sé.

Amaranthe sacó la llave del bolsillo y la dejó sobre la madera. El sonido fue seco.

—Entonces, explícamelo —dijo—. El silencio no protegió a mi madre. No va a protegerme a mí.

Avelina cerró los ojos un instante.

—Hay recuerdos que no esperan —dijo—. Y otros que aprenden a hacerlo demasiado bien.

Señaló la llave.

—Eso abre lo que tu madre no pudo cerrar del todo.

Amaranthe no respondió. La campanilla sonó de nuevo.

El hombre de la mañana había vuelto.

Entró despacio, con el abrigo colgado del brazo y el gesto tenso, como si hubiera ensayado lo que iba a decir y aun así no le bastara.

—No está —dijo Avelina sin mirarlo—. Aquello que buscas ya no está donde crees.

—Lo sé —respondió él—. Por eso he venido.

Amaranthe se quedó a un lado, observando.

—No se recupera lo que se entrega —continuó Avelina—. Esa siempre fue la condición.

—Yo no lo entregué —dijo el hombre—. Me convencieron.

—Nadie entra aquí sin saberlo.

—Yo no sabía lo que perdía.

El silencio se volvió áspero.

—Quiero que me lo devuelva —dijo el hombre—. Desde que me fui, todo ha estado bien. He seguido adelante. Pero, cuando pienso en ella, no siento nada. Ni culpa. Ni tristeza.

—¿En quién? —preguntó Amaranthe.

El hombre la miró, con los ojos enrojecidos.

—En mi hija.

La palabra cayó con un peso insoportable.

—Usted me dijo que así podría vivir —añadió—. Que el dolor no me destruiría.

—Y no lo ha hecho —respondió Avelina.

—Pero tampoco el amor.

Avelina bajó la mirada.

—Eso no estaba garantizado.

El hombre dio un paso atrás.

—Quiero recordarla —dijo—. Aunque me destruya.

—No queda nada que devolver —respondió Avelina—. El recuerdo ya no está en la copa. Está en quien lo sostuvo demasiado tiempo.

El hombre asintió, derrotado. Luego salió sin mirar atrás.

Amaranthe tardó en hablar.

—¿Eso es lo que pasa aquí? —preguntó—. ¿La gente deja lo que no puede cargar?

—Deja lo que cree que no puede —corrigió Avelina—. A veces se equivoca.

Amaranthe pensó en su madre. En la llave.

—La llave no abre la copa —dijo Avelina.

Señaló una puerta estrecha al fondo de la tienda, casi oculta tras una estantería.

—Abre el lugar donde guardamos lo que aún no se ha convertido en recuerdo.

Amaranthe sintió un nudo en el pecho.

—¿Qué hay ahí?

—Fragmentos —respondió—. Cosas que no terminaron de irse.

Amaranthe caminó hasta la puerta. Introdujo la llave. El mecanismo cedió con un sonido seco.

La puerta se abrió apenas un palmo.

Desde dentro no salió oscuridad, sino aire. Un aire denso, cargado, que olía a cosas olvidadas demasiado rápido. Amaranthe creyó oír respiraciones.

Cerró de golpe.

Se apoyó en la pared, con el corazón acelerado.

Avelina la observaba en silencio.

Amaranthe comprendió entonces que no todas las puertas están hechas para abrirse de una vez.

Y que, aun así, ya había cruzado algo que no se cerraba con facilidad.

Capítulo III

EL PUEBLO QUE RECUERDA A MEDIAS

Al principio, Amaranthe pensó que era una impresión suya. Un resto de cansancio. La consecuencia lógica de haber dormido mal y de llevar demasiadas cosas sin nombre dentro de la cabeza.

Pero al tercer día dejó de parecerle casual.

Bajó a comprar pan a la misma hora de siempre. La panadería estaba casi vacía. La mujer del mostrador la miró un segundo de más antes de hablarle.

—¿Qué te pongo? —preguntó.

No dijo su nombre. Antes siempre lo decía.

Amaranthe pidió una barra y pagó. Cuando se dio la vuelta, notó que la conversación que había detrás de ella se apagaba de golpe. No fue un silencio brusco, sino algo más educado. Más antiguo.

En la calle, una vecina cruzó sin saludarla. Otra lo hizo con un gesto rápido, casi automático, como si cumpliera con una obligación.

Amaranthe caminó hasta la plaza con el pan bajo el brazo y una sensación incómoda en la nuca. Se sentó en el banco de siempre. Desde allí se veía la tienda.

La puerta estaba cerrada.

Un hombre se detuvo frente al escaparate. Miró dentro unos segundos, luego negó con la cabeza y siguió caminando. Amaranthe observó el gesto con atención. No había enfado en él. Había algo más parecido a una renuncia.

—No deberías sentarte ahí.

La voz sonó a su espalda.

Era la mujer del bar. No llevaba delantal, como si no estuviera trabajando. Se había acercado sin que Amaranthe la oyera.

—¿Por qué? —preguntó.

La mujer dudó.

—Ese banco da directamente a la tienda —dijo al fin—. A la gente no le gusta que los miren cuando pasan.

—Yo no los miro.

—Ellos no lo saben.

Se quedó de pie un momento más, incómoda, y luego se marchó.

Amaranthe respiró hondo.

No era rechazo. Era prevención.

Esa tarde fue a la biblioteca municipal. Quería revisar los archivos antiguos del pueblo, buscar algo que no supo definir. El hombre del mostrador tardó más de lo habitual en traerle los libros.

—Hace tiempo que nadie pide esto —dijo, colocándolos frente a ella—. Pensé que ya no interesaban.

—A mí, sí —respondió Amaranthe.

El hombre la observó con atención.

—¿Eres familia de…? —empezó a decir.

Se detuvo.

—No importa.

Durante la hora siguiente, Amaranthe sintió varias veces el peso de las miradas. Nadie la interrumpió. Nadie fue descortés. Pero, cuando levantaba la vista, encontraba siempre a alguien mirándola con una mezcla extraña de curiosidad y miedo, como si fuera una grieta que no sabían si tocar.

Al salir, se cruzó con el hombre que había estado por la mañana frente a la tienda.

—No deberías remover cosas —dijo él, sin saludar.

—No estoy removiendo nada.

—Eso mismo decía tu madre.

La frase la golpeó con más fuerza de la que esperaba.

—¿La conocía?

El hombre la miró un instante largo.

—Todos la conocíamos —respondió—. Y todos le agradecimos que se fuera.

Antes de que Amaranthe pudiera decir nada, se alejó calle abajo.

Esa noche, el pueblo estaba más silencioso que de costumbre.

No era un silencio natural, sino uno lleno de interrupciones contenidas: puertas que se cerraban con cuidado, pasos que cambiaban de acera, conversaciones que se detenían cuando ella pasaba cerca.

Amaranthe regresó a la tienda al anochecer.

Avelina estaba sentada detrás del mostrador, inmóvil, como si hubiera estado esperando.

—Están empezando a notarlo —dijo Amaranthe sin rodeos.

Avelina asintió.

—El pueblo siempre nota cuando algo se mueve —respondió—. Aunque no sepa decir qué.

—Me miran como si fuera peligrosa.

—Lo eres —dijo Avelina—. Para el equilibrio.

Amaranthe apoyó las manos en el mostrador.

—No he hecho nada.

—Todavía —corrigió Avelina—. Pero has vuelto. Y eso ya es suficiente.

—¿Por qué ahora?

Avelina tardó en responder.

—Porque hay recuerdos que se sostienen solos mientras nadie los señala —dijo—. Y tú los estás señalando sin querer.

Amaranthe pensó en el hombre del bar, en la panadera, en la frase sobre su madre.

—¿Ellos también dejaron algo aquí?

Avelina no respondió de inmediato.

—Este pueblo no está lleno de olvidos —dijo al fin—. Está lleno de acuerdos.

—¿Acuerdos con quién?

Avelina alzó la vista y la miró con gravedad.

—Con la tranquilidad.

El silencio volvió a instalarse entre ambas.

—Si sigo —preguntó Amaranthe—, ¿qué pasará?

Avelina no esquivó la pregunta.

—Dejarán de fingir que no te ven —respondió—. Y entonces querrán algo de ti.

Amaranthe miró hacia la puerta de la tienda. Afuera, la calle estaba vacía.

Por primera vez desde que había vuelto, entendió que el peligro no estaba en la copa ni en la puerta cerrada al fondo.

Estaba en el pueblo. Y el pueblo acababa de empezar a recordar que no todo debía volver.

El boicot no empezó con gritos ni amenazas.

Empezó con la ausencia.

A la mañana siguiente, Amaranthe bajó a comprar pan y la panadería estaba cerrada. No por descanso, lo sabía porque la luz del obrador estaba encendida. Llamó dos veces. Nadie respondió. Desde dentro, oyó pasos que se detenían al acercarse a la puerta.

Se quedó un momento frente al cristal, sintiéndose absurda, y siguió caminando.

En la tienda de comestibles ocurrió lo mismo. El tendero levantó la vista cuando ella entró y luego la bajó de inmediato, como si hubiera cometido un error.

—Vuelvo luego —dijo, sin mirarla.

—Estoy aquí —respondió Amaranthe.

El hombre apretó los labios.

—Precisamente.

Salió por la puerta trasera y la dejó sola, rodeada de estanterías llenas.

No fue solo el comercio.

En el bar, nadie la atendió. No porque no la vieran, sino porque la veían demasiado. La conversación se apagó cuando entró. El camarero limpió la barra con una lentitud innecesaria y atendió a dos personas que llegaron después que ella.

—Perdona —dijo Amaranthe—. ¿Puedes ponerme un café?

El hombre levantó la vista por primera vez.

—La cafetera está estropeada.

Amaranthe miró la máquina. Funcionaba. El vapor salía con normalidad.

—Ahora mismo, no —repitió él.

No insistió. Pagó lo que no había consumido y salió.

El aire le pareció más pesado que otros días.

Al volver a casa, encontró el buzón vacío. No porque no hubiera cartas, sino porque alguien había retirado solo las suyas. Reconoció la ausencia: una notificación del banco que llevaba días esperando. El resto de la correspondencia seguía allí, ordenada con cuidado.

No era descuido. Era selección.

Por la tarde, intentó llamar a un taxi para ir al cementerio. La llamada se cortó dos veces. A la tercera, nadie respondió. Decidió ir andando. A medio camino, un coche redujo la velocidad a su lado. Bajaron la ventanilla.

—No es buen momento para pasear sola —dijo una voz masculina—. La gente está sensible.

—¿Sensible a qué?

El coche arrancó sin responder.

Cuando regresó a la tienda, el escaparate había cambiado.

No estaba roto. Estaba cubierto.

Alguien había bajado la persiana metálica a medias, lo justo para impedir ver el interior sin cerrarla del todo. En la chapa, alguien había escrito con tiza una sola palabra:

«BASTA».

Amaranthe se quedó inmóvil.

Avelina estaba dentro, sentada, con las manos cruzadas sobre el mostrador.

—No lo limpies —dijo—. Todavía no.

—¿Lo sabías? —preguntó Amaranthe.

—Sabía que llegaría —respondió Avelina—. El pueblo siempre responde cuando se siente observado.

—No estoy haciendo nada.

—Estás existiendo donde no deberías —corrigió—. Eso es suficiente.

Amaranthe apoyó la frente en la persiana, sintiendo el frío del metal.

—Me están borrando —dijo.

Avelina negó despacio.

—Te están marcando —respondió—. Borrar sería más fácil.

Amaranthe cerró los ojos un instante. Pensó en su madre. En su marcha. En la frase del hombre: «todos le agradecimos que se fuera».

—¿Esto fue así para ella?

Avelina tardó en responder.

—Peor —dijo al fin—. Porque entonces aún quedaban más cosas que perder.

Amaranthe levantó la cabeza.

—¿Qué quieren?

Avelina la miró con una seriedad absoluta.

—Que cierres —dijo—. Que te vayas. Que no preguntes. Que no abras ninguna puerta más.

—¿Y si no lo hago?

Avelina sostuvo su mirada.

—Entonces, dejarán de fingir que esto no es violencia.

En ese momento, un golpe seco resonó contra la persiana. Luego otro. No fuerte. No para romper. Para avisar.

Voces al fondo de la calle. No gritos. Murmullos que se organizaban.

Amaranthe dio un paso atrás.

Por primera vez desde que había vuelto, entendió que el pueblo no estaba defendiendo el pasado.

Estaba defendiendo su comodidad.

Y supo, con una claridad dolorosa, que el siguiente movimiento ya no sería simbólico.

Sería personal.

Capítulo IV

DONDE EMPIEZA EL MIEDO

Amaranthe abrió la tienda al amanecer.

No porque alguien fuera a entrar. No porque Avelina se lo hubiera pedido.

Lo hizo porque sabía que el pueblo la estaba mirando.

La persiana seguía marcada con la palabra «BASTA», escrita con tiza blanca, torcida, como si quien la hubiera escrito no quisiera tomarse el tiempo de hacerlo bien. Amaranthe la observó unos segundos antes de tocarla. No la borró. No la rozó siquiera. Levantó la persiana despacio, dejando que el metal chirriara más de lo necesario.

El sonido se propagó por la calle vacía con una claridad incómoda.

Dentro, la tienda estaba en penumbra. Las copas permanecían quietas en las estanterías, alineadas como siempre, ajenas en apariencia a lo que ocurría fuera. Avelina estaba sentada detrás del mostrador, con las manos cruzadas, como si llevara horas esperando.

—No tienes que hacer esto —dijo sin mirarla.

—Sí —respondió Amaranthe—. Precisamente por eso.

Tomó la copa del borde irregular con ambas manos. El cristal estaba frío, más pesado de lo habitual. Durante un segundo, dudó. No por miedo, sino por una intuición antigua: la certeza de que algunos gestos no admiten marcha atrás.

La colocó en el escaparate.

No era una copa especialmente bonita. No brillaba. No devolvía la luz como las demás. La absorbía. A plena mañana, el cristal parecía más opaco, más denso, como si guardara sombra incluso bajo el sol.

Avelina cerró los ojos.

—Si la ven —dijo—, sabrán.

—Que sepan —respondió Amaranthe.

Salió a la calle y se sentó en el banco de la plaza, justo enfrente de la tienda. No fingió leer. No miró el móvil. Se quedó allí, quieta, con las manos apoyadas en las rodillas.

Esperó.

El primer vecino pasó sin detenerse. Caminaba deprisa, con la mirada fija en el suelo. El segundo redujo el paso apenas un instante, lo justo para comprobar que la copa seguía allí. El tercero se detuvo. Una mujer se acercó al escaparate, frunció el ceño y retrocedió como si hubiera tocado algo caliente.

El rumor empezó sin palabras.

Un gesto rápido, como quien se persigna sin querer hacerlo del todo. Un cambio de acera. Una conversación en voz baja que se interrumpía cuando alguien más se acercaba.

—La ha sacado —murmuró alguien.

—No debería —respondió otro.

—No es prudente.

Amaranthe escuchaba sin moverse.

Sabía lo que estaban viendo: no una copa, sino la posibilidad de que algo regresara. Algo que habían aprendido a mantener lejos sin nombrarlo. Algo que había exigido, durante años, un esfuerzo colectivo y silencioso.

Un hombre se acercó hasta quedar a pocos pasos de ella. No era joven ni viejo. Vestía bien. Tenía la seguridad de quien está acostumbrado a que lo escuchen.

—Quítala —dijo, sin saludo.

—No —respondió Amaranthe.

—No sabes lo que estás provocando.

—Sí —dijo ella—. Lo sé mejor que vosotros.

El hombre apretó la mandíbula.

—Tu madre entendió cuándo irse.

Amaranthe alzó la vista despacio.

—Mi madre huyó —respondió—. Yo no.

El silencio que siguió fue distinto a los anteriores. No era rechazo ni prevención. Era miedo contenido, aferrado a la costumbre.

—Si sigues —dijo el hombre—, no podremos protegerte.

Amaranthe sostuvo su mirada.

—Nunca me protegisteis.

El hombre dio un paso atrás y se alejó sin decir nada más.

A lo largo de la mañana, nadie entró en la tienda. Nadie llamó a la policía. Nadie gritó. El pueblo eligió otra forma de defensa: mirar y no actuar, como si así pudiera devolver la copa a su lugar original.

Pero la copa siguió allí.

Al mediodía, una mujer se desmayó frente al escaparate. No fue grave. No cayó al suelo. Se sostuvo en el brazo de otra y se sentó en el banco opuesto al de Amaranthe. Dijo que le había dado un mareo. Nadie mencionó la tienda.

Por la tarde, alguien lanzó una piedra.

No rompió el cristal. Golpeó el marco y cayó al suelo con un sonido seco. No hubo risas ni huida. Solo pasos que se alejaban con prisa.

Dentro, Avelina se apoyó en el mostrador con más peso del habitual.

—Esto ya pasó —dijo—. No exactamente así, pero se le parece demasiado.

—¿Qué pasó? —preguntó Amaranthe.

—Que alguien decidió no esconder más lo que el pueblo había enterrado —respondió—. Y el pueblo respondió como sabe hacerlo.

—¿Cómo?

Avelina la miró.

—Con paciencia —dijo—. Con desgaste. Esperando a que la persona se rompa sola.

Amaranthe volvió a mirar la copa.

—No me voy a romper —dijo.

Avelina no respondió.

Cuando cayó la noche, la palabra «BASTA» seguía en la persiana. Alguien había añadido debajo otra frase, escrita con una letra distinta, más pequeña:

«AÚN ESTÁS A TIEMPO».

Amaranthe la leyó sin tocarla.

Por primera vez desde que había vuelto, entendió que el miedo ya no estaba solo en el pueblo.

También estaba empezando a crecer dentro de ella.

Pero no era un miedo que invitara a huir. Era uno que exigía decidir.

Y supo, con una claridad que le tensó el pecho, que el pueblo acababa de comprender algo esencial: Amaranthe no era un accidente. Era una amenaza para el equilibrio.

Y esa clase de amenaza no desaparece sola.

La reunión no fue anunciada.

No hubo carteles ni avisos oficiales. Nadie llamó a la puerta de la tienda. El pueblo hizo lo que siempre había hecho mejor: organizarse sin dejar rastro.

Amaranthe lo supo al caer la noche.

No por una palabra, sino por la ausencia de ellas.

La plaza estaba llena, pero en silencio. Las luces del ayuntamiento seguían encendidas cuando deberían haberse apagado hacía rato. Desde la tienda, Amaranthe veía sombras moverse tras las ventanas altas, siluetas que se detenían, que se acercaban unas a otras, que bajaban la cabeza para hablar.

—Han empezado —dijo Avelina.

No era una pregunta.

Amaranthe no respondió. Se limitó a observar. Reconocía algunos cuerpos por la forma de caminar, por la manera de inclinarse al escuchar. Gente que la había visto crecer. Gente que había compartido mesa con su madre.

—No te van a llamar —añadió Avelina—. Nunca lo hacen.

—¿Qué deciden? —preguntó Amaranthe.

Avelina tardó en contestar.

—Quién paga el precio —dijo al fin.

La frase cayó como una losa.

Amaranthe sintió una punzada en el pecho. Pensó en el hombre que había pedido recordar a su hija. En la mujer que se había mareado frente al escaparate. En los pasos que se alejaban cada vez que ella entraba en un lugar.

—No pueden decidir eso —dijo.

Avelina la miró con una tristeza antigua.

—Siempre lo hacen.

La reunión duró menos de una hora.

Cuando las luces se apagaron, el pueblo volvió a respirar. La plaza se vació con rapidez, como si nadie quisiera ser visto saliendo de allí. No hubo miradas hacia la tienda. No hubo gestos. Solo una dispersión ordenada, eficaz.

Amaranthe no durmió.

Se quedó sentada junto al escaparate, observando la copa, que parecía más oscura que durante el día. Por primera vez, tuvo la sensación de que el cristal no estaba quieto del todo. No se movía, pero respondía.

A medianoche, llamaron a la puerta.

No fue un golpe fuerte. Dos nudillos, secos, contenidos.

Amaranthe abrió.

Era la mujer del bar.

No llevaba abrigo. Había salido con prisa. Tenía los ojos enrojecidos y las manos crispadas, como si no supiera qué hacer con ellas.

—No debía venir —dijo—. Me dijeron que no viniera.

—Pasa —respondió Amaranthe.

La mujer negó.

—No puedo entrar.

—¿Por qué?

La mujer tragó saliva.

—Porque, si entro, luego no podré decir que no sabía.

El silencio se volvió espeso entre ambas.

—Han decidido cerrar la tienda —dijo al fin—. Mañana vendrá una inspección. Seguridad. Salubridad. Lo de siempre.

Amaranthe no se sorprendió.

—¿Eso es todo?

La mujer bajó la mirada.

—No.

Le tendió algo envuelto en una servilleta de papel. Amaranthe lo reconoció antes de desenvolverlo.

Era una fotografía.

Vieja. Doblada por las esquinas.

En ella aparecía su madre, más joven, sentada en la terraza del bar. Reía. No con cuidado, no con contención. Reía como alguien que todavía no ha aprendido a callar.

—La encontré hoy —dijo la mujer—. Estaba detrás de la cafetera. No sé cuánto tiempo llevaba allí.

Amaranthe sostuvo la foto con cuidado.

—¿Por qué me la das?

La mujer levantó la vista y en sus ojos había algo que no era valentía, sino cansancio.

—Porque hoy, en la reunión, alguien dijo que tu madre empezó todo esto —respondió—. Que, si no se hubiera ido, nada habría pasado.

Amaranthe sintió cómo algo se tensaba en su interior.

—¿Y tú qué dijiste?

La mujer negó despacio.

—Nada. Como casi todos.

Se hizo a un lado, como si ya no tuviera derecho a ocupar espacio.

—Han decidido que la tienda es el problema —añadió—. Pero, en realidad..., eres tú.

La frase no fue cruel. Fue honesta.

—Lo sé —respondió Amaranthe.

La mujer respiró hondo.

—Yo estuve aquí el día que tu madre se fue —dijo—. Nadie lo recuerda, pero yo sí. Salió con una maleta pequeña. Igual que tú. Y, antes de irse, entró en la tienda.

Amaranthe levantó la cabeza de golpe.

—¿Qué hizo?

La mujer negó.

—No lo sé. Avelina cerró la puerta. Cuando salió, ya no era la misma.

El silencio volvió a caer.

—Si mañana vienes al bar —dijo la mujer—, no te atenderé. No porque no quiera. Porque no podré.

Amaranthe asintió.

—Gracias por decírmelo.

La mujer dio un paso atrás.

—Cuídate —dijo.

Y se marchó.

Amaranthe cerró la puerta despacio.

Dentro, Avelina estaba de pie. No había oído la conversación, pero no necesitaba hacerlo.

—¿La foto? —preguntó.

Amaranthe se la mostró.

Avelina cerró los ojos.

—Nunca volvió a reír así —dijo—. Ni siquiera cuando se fue.

Amaranthe miró la copa. Luego la fotografía. Luego la puerta del fondo.

—No fue solo por mí, ¿verdad? —preguntó—. No se fue solo para protegerme.

Avelina tardó en responder.

—Se fue porque entendió algo antes que tú —dijo al fin—. Que el pueblo siempre necesita a alguien que cargue con lo que no quiere mirar.

Amaranthe apretó la foto entre los dedos.

—Mañana vendrán a cerrar la tienda —dijo.

Avelina asintió.

—Sí.

—¿Y qué hago?

Avelina sostuvo su mirada con una gravedad nueva.

—Mañana —dijo— tendrás que decidir si heredas el silencio… o lo rompes del todo.

La copa emitió un leve sonido. Apenas un suspiro.

Amaranthe no apartó la vista de ella.

Por primera vez, entendió que el miedo del pueblo no era exagerado.

Y que quizá, esta vez, no estaban equivocados.

Capítulo V

EL DÍA QUE INTENTARON CERRAR LA TIENDA

Llegaron a media mañana.

No fue una entrada brusca ni teatral. No hubo coches oficiales ni voces altas. Dos personas cruzaron la plaza con paso medido, como quien no quiere llamar la atención y, al mismo tiempo, sabe que no pasará desapercibido.

Amaranthe los vio desde dentro.

Uno era joven, llevaba una carpeta bajo el brazo y miraba el suelo mientras caminaba. El otro era del pueblo. No necesitó reconocerlo para saberlo. Lo delataba la forma de andar, la familiaridad con cada baldosa, el gesto automático con el que saludó a alguien sin detenerse.

—Ya están aquí —dijo Avelina.

No había reproche en su voz. Solo cansancio.

Amaranthe respiró hondo y no se movió. La copa del borde irregular seguía en el escaparate. Desde fuera, parecía aún más oscura que el día anterior.

La campanilla sonó.

—Buenos días —dijo el joven, con una sonrisa breve—. Venimos a hacer una inspección rutinaria.

—No tenemos licencia de apertura al público —respondió Avelina—. Nunca la hemos tenido.

—Precisamente —dijo el otro—. Por eso estamos aquí.

Entraron sin esperar invitación.

El joven empezó a revisar papeles, a hacer preguntas técnicas que no parecían dirigidas a nadie en concreto: salidas de emergencia, condiciones sanitarias, seguridad del local. Avelina respondía con frases cortas. El hombre del pueblo observaba en silencio, con una atención que no se posaba en los objetos, sino en las personas.

—¿Desde cuándo está expuesta esta pieza? —preguntó de pronto, señalando la copa del escaparate.

Amaranthe notó cómo algo se tensaba en la habitación.

—Desde ayer —respondió.

El hombre la miró por primera vez.

—¿Usted es…?

—Amaranthe —dijo—. Soy la hija de la mujer que se fue.

No necesitó añadir nada más.

El joven bajó la vista hacia sus papeles. El otro carraspeó.

—Entenderá —dijo— que esto ha generado inquietud.

—Lo entiendo —respondió Amaranthe—. Esa inquietud lleva años aquí.

El joven abrió una puerta lateral y se detuvo.

—Aquí hay un espacio que no figura en los planos —dijo.

Avelina dio un paso hacia él.

—No es un almacén —dijo—. Y no forma parte de la tienda.

—Todo forma parte cuando hay una inspección —respondió el joven, sin dureza.

Amaranthe observó la escena con una claridad extraña. No sentía miedo. Sentía una calma tensa, como si algo que llevaba tiempo gestándose hubiera llegado, por fin, a su forma definitiva.

—Antes de seguir —dijo—, quiero hacer una pregunta.

Los dos hombres la miraron.

—¿Mi madre vino aquí el día que se fue?

El hombre del pueblo desvió la mirada.

El joven dudó.

—Eso no consta en ningún registro —respondió.

—Pero ocurrió —insistió Amaranthe.

Avelina cerró los ojos.

—Sí —dijo—. Vino.

El silencio se volvió espeso.

—¿Qué hizo? —preguntó Amaranthe.

Avelina no respondió de inmediato. Cuando habló, su voz era más baja.

—No entregó un recuerdo —dijo—. Entregó algo más difícil.

—¿Qué? —preguntó el hombre del pueblo, incómodo.

Avelina lo miró por primera vez con dureza.

—La decisión de quedarse —respondió—. La decisión de hablar. De señalar lo que todos sabían y nadie quería sostener.

El hombre dio un paso atrás.

—Eso no es cierto —dijo.

—Lo es —replicó Avelina—. Por eso se fue. Porque entendió que, si se quedaba, el pueblo la rompería despacio. Y se llevaría a su hija con ella.

Amaranthe sintió que algo encajaba dentro, con un dolor limpio.

—Así que eligió callar —dijo.

—Eligió no incendiarlo todo —respondió Avelina.

El joven aclaró la garganta.

—Sea como sea —dijo—, hoy debemos cerrar la tienda. Al menos de forma provisional.

Amaranthe asintió.

—Lo sé.

Se acercó al mostrador.

—Pero antes —añadió—, voy a abrir algo.

El hombre del pueblo reaccionó de inmediato.

—No —dijo—. Eso no estaba acordado.

—Nada de esto lo estaba —respondió Amaranthe.

Sacó la llave.

No fue hacia la puerta del fondo.

Se agachó y levantó una pequeña alfombra desgastada bajo el mostrador. Debajo había una trampilla casi invisible. Introdujo la llave. El mecanismo cedió con facilidad, como si hubiera estado esperando.

Abrió.

Dentro no había copas llenas.

Había copas vacías.

Decenas de ellas. De distintos tamaños, alineadas con cuidado. Ninguna brillaba. Ninguna guardaba nada. Eran recipientes limpios, disponibles, expectantes.

El joven dio un paso atrás.

—¿Qué es esto? —preguntó.

Amaranthe los miró a ambos.

—Lo que queda cuando ya no se quiere olvidar —respondió—. El espacio que hace falta para recordar sin entregar nada a cambio.

El hombre del pueblo palideció.

—Esto no puede quedarse aquí —dijo—. Esto...

—Esto no rompe nada —interrumpió Amaranthe—. Solo demuestra que no hacía falta romperse.

El silencio cayó como un golpe.

Avelina apoyó una mano en el mostrador. Respiraba con dificultad.

—Nunca se atrevieron —murmuró.

El joven cerró la carpeta.

—Hoy no vamos a cerrar la tienda —dijo, con voz tensa—. Pero volveremos.

—Lo sé —respondió Amaranthe.

Cuando se fueron, la plaza parecía más pequeña.

Amaranthe se quedó sola con Avelina.

—Mi madre no huyó —dijo—. Me dejó el lugar que ella no pudo ocupar.

Avelina asintió.

—Y ahora el pueblo lo sabe.

Amaranthe miró la copa del borde irregular. Una línea fina recorría el cristal.

No se había roto.

Pero ya no resistía sola.

Y, por primera vez, el pueblo entendió que cerrar la tienda no sería suficiente.

Capítulo VI

LA COPA QUE NO DEBÍA TOCARSE

Ocurrió al anochecer, cuando el pueblo fingía haber recuperado la normalidad.

La tienda estaba abierta, pero nadie entraba. Las copas vacías seguían ocultas bajo la trampilla y la copa del borde irregular permanecía en el escaparate, con esa línea fina recorriendo el cristal como una cicatriz reciente. Amaranthe se había acostumbrado a sentirla incluso cuando no la miraba: una presencia quieta, tensa, esperando.

Avelina descansaba sentada, más encorvada que otros días. Respiraba despacio, como si el aire pesara.

—No deberían quedarse solas esta noche —dijo, sin levantar la vista.

—No estamos solas —respondió Amaranthe—. El pueblo no ha dejado de mirarnos.

Avelina no sonrió.

—Precisamente por eso.

La campanilla sonó cuando el sol ya se había escondido detrás de los tejados.

El hombre entró sin saludar.

Amaranthe lo reconoció de inmediato. No por su rostro, sino por su manera de ocupar el espacio: rígida, contenida, como alguien que ha pasado demasiados años sosteniendo algo que no se permite soltar. Era uno de los que había estado en la reunión. Uno de los que no habló.

—He venido a cerrar esto —dijo.

—No puedes —respondió Amaranthe—. Ya lo intentasteis.

El hombre negó con la cabeza.

—No así.

Caminó directo hacia el escaparate.

—Esa copa —dijo—. Esa es el problema.

—No la toques —advirtió Avelina.

Fue la primera vez que levantó la voz.

El hombre se detuvo un instante. Dudó. En ese segundo, Amaranthe vio algo parecido al miedo. Pero el miedo no siempre detiene: a veces, empuja.

—Mi mujer no duerme —dijo—. Desde que la sacaste, sueña. Dice que oye voces.

—Eso no son voces —dijo Amaranthe—. Son recuerdos.

—Pues que se queden dónde estaban.

Alargó la mano.

Todo ocurrió demasiado rápido y demasiado despacio al mismo tiempo.

El cristal no estalló.

No hubo estruendo.

La copa cayó al suelo y se partió con un sonido seco, limpio, definitivo. Como un hueso.

El aire cambió.

Amaranthe sintió el golpe en el pecho antes de entenderlo. No fue una imagen lo que llegó, sino una sensación brutal: la certeza de haber estado en un lugar que no era suyo, de haber amado algo que no recordaba haber perdido.

El hombre dio un grito ahogado y cayó de rodillas.

—No —dijo—. No, no…

Se llevó las manos a la cabeza, como si intentara sujetarla.

—Yo no la dejé —murmuró—. Yo no la dejé.

Avelina se desplomó contra el mostrador.

Amaranthe corrió hacia ella, pero la anciana levantó una mano temblorosa.

—No a mí —susurró—. A él.

El hombre lloraba. No con pudor, no con contención. Lloraba como alguien a quien le han devuelto algo sin aviso.

—Estaba en la estación —decía—. Me esperó toda la noche. Yo pensé que... pensé que sería mejor no volver.

Amaranthe comprendió.

No había entregado el recuerdo del amor. Había entregado la decisión de regresar.

El pueblo empezó a llegar atraído por el ruido. No entraban. Se quedaban en la puerta, mirando la escena con un horror nuevo: no el de perder algo, sino el de recuperarlo.

—¿Qué has hecho? —susurró alguien.

Amaranthe se puso de pie.

—No fui yo —dijo—. Fuisteis vosotros.

El hombre levantó la vista. Sus ojos ya no estaban vacíos.

—La recuerdo —dijo—. Recuerdo su cara cuando me di la vuelta.

Se levantó tambaleándose y salió de la tienda. Nadie le impidió el paso. Nadie se atrevió.

El silencio que quedó después fue distinto a todos los anteriores.

Avelina respiraba con dificultad.

—Esto ya no se puede contener —dijo.

Amaranthe miró los restos de la copa en el suelo. El cristal seguía reflejando la luz, incluso roto.

—Nunca se pudo —respondió—. Solo lo retrasasteis.

Avelina cerró los ojos.

—Entonces será tuyo —susurró—. El final.

Amaranthe no apartó la mirada del cristal.

Afuera, el pueblo entendía por fin lo que había hecho.

Y esta vez no había pacto que pudiera salvarlos del recuerdo.

Cuando el pueblo se dispersó, la tienda quedó en un silencio espeso, casi físico.

Los restos de la copa seguían en el suelo. Amaranthe no los recogió. Algo en ella sabía que no debía hacerlo todavía, como si el cristal roto necesitara terminar de decir lo que había empezado.

Avelina se sentó despacio en la silla detrás del mostrador. Parecía más pequeña. No vieja, sino agotada de una manera distinta, como si hubiera sostenido demasiado tiempo algo que por fin había caído.

—No eran recuerdos —dijo.

Amaranthe levantó la cabeza.

—¿Qué?

Avelina cerró los ojos un instante antes de continuar.

—Las copas nunca guardaron recuerdos —dijo—. Eso es lo que el pueblo decidió creer porque era más fácil.

Amaranthe se acercó despacio.

—Entonces, ¿qué guardaban?

Avelina apoyó las manos en la madera. Le temblaban.

—Decisiones —respondió—. Momentos en los que alguien supo lo que debía hacer… y eligió no hacerlo.

El aire pareció contraerse.

—La gente venía aquí cuando estaba a punto de cambiar algo importante —continuó—. Irse. Volver. Decir la verdad. Quedarse. Marcharse. Perdonar. Denunciar. Amar sin permiso.

Avelina abrió los ojos.

—Y yo les ofrecía un lugar donde dejar esa elección.

Amaranthe sintió un nudo en el estómago.

—¿Para siempre?

—Para sobrevivir —corrigió—. O eso creíamos.

Se inclinó un poco hacia delante.

—Cuando entregaban la decisión, podían seguir viviendo. No mejor. No más felices. Pero sin ese filo constante que exige actuar.

Amaranthe pensó en el hombre arrodillado en el suelo. En su llanto. En la frase que había repetido una y otra vez: «yo no la dejé».

—¿Y la copa del borde irregular? —preguntó.

Avelina miró los restos en el suelo.

—Fue la primera —dijo—. La primera vez que alguien no quiso entregar la decisión completa.

—¿Quién?

Avelina tardó en responder.

—Una mujer —dijo al fin—. Mucho antes que tu madre. Amó a alguien a quien no debía amar. El pueblo se lo dejó claro. Ella vino aquí para dejar su decisión…, pero no pudo soltarla del todo.

—¿Y qué pasó?

—La copa se quebró por dentro —respondió—. No se rompió. Resistió. Como ella.

Amaranthe entendió.

—Por eso no guardaba —dijo—. Resistía.

Avelina asintió.

—Las demás copas funcionaban —continuó—. Esta, no. Y eso la hacía peligrosa. Porque recordaba a quien la miraba que siempre hay una elección que no se puede delegar.

Amaranthe miró la trampilla bajo el mostrador. Las copas vacías.

—¿Y las vacías?

Avelina esbozó una sonrisa cansada.

—Eso es lo que nunca quisieron ver —dijo—. Que no hacía falta dejar nada aquí. Que el espacio estaba siempre disponible para sostener la decisión uno mismo.

—Entonces, ¿por qué seguiste? —preguntó Amaranthe.

Avelina bajó la cabeza.

—Porque funcionaba —respondió—. Porque el pueblo sobrevivió. Porque nadie me pidió que parara.

El silencio se alargó.

—Mi madre —dijo Amaranthe—. Ella no dejó un recuerdo. Dejó su impulso de actuar.

—Sí —asintió Avelina—. Y por eso se fue. Porque entendió que quedarse sin esa decisión la habría convertido en una sombra. Y no quiso que tú crecieras viéndola así.

Amaranthe respiró hondo.

—¿Y ahora?

Avelina la miró con una mezcla de orgullo y temor.

—Ahora las copas ya no pueden cumplir su función —dijo—. Porque tú no permites que el pueblo siga creyendo que elegir no es necesario.

Amaranthe volvió la vista al cristal roto.

—Entonces, no soy peligrosa porque rompa cosas —dijo—. Soy peligrosa porque devuelvo elecciones.

Avelina cerró los ojos.

—Exactamente.

Fuera, el pueblo dormía mal por primera vez en años.

Dentro, entre fragmentos de cristal y copas vacías, Amaranthe comprendió que ya no se trataba de reparar nada.

Se trataba de decidir qué hacer con un lugar que había enseñado a generaciones enteras a no elegir.

Y supo, con una certeza silenciosa, que el final de la tienda no sería un cierre.

Sería una devolución.

Capítulo VII

EL PRECIO DE ELEGIR

La primera persona que volvió no lo hizo para pedir.

Lo hizo para exigir.

Era una mujer a la que Amaranthe había visto siempre de lejos. No sabía su nombre, pero reconocía su forma de andar, rápida y contenida, como si llegar tarde fuera un pecado. Tenía el pelo recogido con descuido y una mirada firme que no se molestaba en pedir permiso.

Entró en la tienda una mañana gris, sin mirar las copas, sin detenerse a observar nada.

—Tú eres la hija —dijo.

No era una pregunta.

Amaranthe asintió.

—Quiero lo mío —continuó la mujer—. No un recuerdo. La decisión.

Avelina estaba sentada detrás del mostrador. No intervino.

—¿Cuál? —preguntó Amaranthe.

La mujer apretó los labios.

—La de irme —respondió—. Me quedé cuando no debía. Y lo supe siempre.

Amaranthe sintió un ligero vértigo.

—¿Y qué pasó cuando la dejaste aquí?

—Nada —dijo la mujer—. Eso fue lo peor. Nada. Me quedé, me casé, tuve hijos, trabajé. Todo fue… correcto.

La palabra sonó a condena.

—¿Y ahora? —preguntó Amaranthe.

—Ahora ya no puedo más —respondió—. No quiero que me devuelvas el pasado. Quiero que me devuelvas el impulso.

Avelina levantó la vista.

—No es tan simple —dijo.

—Nunca lo fue —replicó la mujer—. Pero vivir sin elegir es peor.

Amaranthe dudó.

Por primera vez desde que había vuelto, no supo qué hacer.

—Si te la devuelvo —dijo—, no sabrás adónde ir. No te dará respuestas. Solo la urgencia de moverte.

La mujer sonrió con una mueca cansada.

—Eso ya es suficiente.

Amaranthe levantó la trampilla bajo el mostrador.

Las copas vacías seguían allí, alineadas, silenciosas. Tomó una. Era ligera. Demasiado. Como si no estuviera hecha para contener nada.

—No va a doler —dijo, sin saber por qué.

La mujer negó.

—No importa.

Amaranthe cerró los ojos un instante y colocó la copa entre ambas, sobre la madera.

No hubo luz. No hubo sonido.

Solo un cambio sutil, casi imperceptible.

La mujer respiró hondo. Se llevó una mano al pecho. Sus ojos se humedecieron, pero no lloró.

—Ya está —dijo.

—¿Qué sientes? —preguntó Amaranthe.

La mujer tardó en responder.

—Rabia —dijo al fin—. Y alivio. Y miedo.

—Eso es elegir —respondió Amaranthe.

La mujer asintió.

—Gracias.

Se fue sin despedirse.

Durante dos días, Amaranthe no supo nada más de ella.

Al tercero, alguien llamó a la puerta de la tienda.

Era un hombre joven, con la cara desencajada.

—¿Eres tú? —preguntó—. ¿La que devuelve cosas?

Amaranthe asintió, con el estómago encogido.

—Mi madre se ha ido —dijo—. Ha dejado una nota. Dice que no podía quedarse ni un día más. Que lo siente. Que necesitaba irse sola.

Amaranthe no respondió.

—No estaba mal —continuó él—. No gritó. No discutió. Simplemente… se fue.

El hombre respiraba con dificultad.

—Yo no estaba preparado.

Amaranthe sintió el golpe en el pecho.

—Ella, sí —dijo—. Por primera vez en mucho tiempo.

El hombre la miró como si quisiera odiarla.

—¿Eso es lo que haces? —preguntó—. ¿Rompes familias?

—No —respondió Amaranthe—. Devuelvo decisiones.

El hombre se fue sin decir nada más.

Esa noche, Amaranthe no durmió.

Se sentó en el suelo de la tienda, con la espalda apoyada en el mostrador, mirando las estanterías vacías. Pensó en la mujer, en su marcha, en la nota, en el hijo que no había elegido ese cambio.

—No siempre es un bien —dijo en voz baja.

Avelina la observó desde la penumbra.

—Nunca lo fue —respondió—. Solo era necesario.

Amaranthe cerró los ojos.

Por primera vez desde que había vuelto, entendió algo con claridad brutal: elegir no salva a todos.

Y, aun así, no devolver la elección era una forma más lenta de destrucción.

Se levantó despacio.

—Si sigo —dijo—, va a haber más personas como él.

—Sí —respondió Avelina.

—Y si paro…

Avelina negó.

—Entonces, te convertirás en lo que el pueblo quiere que seas.

Amaranthe respiró hondo.

No sabía todavía qué haría con la tienda. Pero supo algo con certeza: ya no podía fingir que devolver decisiones era un acto inocente.

Había empezado a cobrar un precio.

Y esta vez, lo pagaban otros.

Capítulo VIII

CUANDO ELEGIR NO BASTA

El segundo caso no llegó con prisa.

Llegó con una educación excesiva, como si cada gesto estuviera calculado para no molestar. Amaranthe lo reconoció al instante: era uno de esos hombres que siempre habían pedido permiso incluso para existir.

Entró en la tienda una tarde lluviosa, se quitó el sombrero y lo sostuvo entre las manos durante unos segundos antes de hablar.

—Buenas tardes —dijo—. No sé si debo estar aquí.

Avelina levantó la vista.

—Eso ya es una respuesta —dijo.

El hombre sonrió con incomodidad.

—Me llamo Julián —añadió—. Mi mujer dice que exagero. Que todo el mundo duda.

Amaranthe se acercó despacio.

—¿Qué busca? —preguntó.

Julián tardó en contestar.

—Yo no dejé una decisión grande —dijo al fin—. No como otros. Fue algo pequeño. Tan pequeño que ni siquiera parecía una elección.

Amaranthe esperó.

—La decisión de decir «no» —continuó—. Siempre decía que sí. En el trabajo. En casa. Con mis padres. Con mis hijos. Conmigo mismo.

El silencio se hizo cómodo, casi amable.

—¿Y qué pasó cuando la dejó aquí? —preguntó Amaranthe.

—Que la vida fue más fácil —respondió—. No buena. Fácil. Nadie se enfadaba conmigo. Nadie me exigía nada que no pudiera cumplir a medias.

Avelina apoyó una mano en el mostrador.

—¿Y ahora?

Julián respiró hondo.

—Ahora me canso —dijo—. Me canso de no existir del todo. De sentir que, si desapareciera, nadie notaría la diferencia.

Amaranthe sintió un nudo en el estómago.

—¿Quiere que se la devuelva?

—Sí —respondió—. Pero no para marcharme ni para romper nada. Solo para poder decir no una vez. Una sola.

Amaranthe dudó.

No por él. Por lo que intuía detrás.

—Decir «no» —dijo— puede costarle cosas.

—Lo sé —respondió Julián—. Pero no decirlo ya me las está costando todas.

Avelina no intervino.

Amaranthe abrió la trampilla. Tomó una copa vacía. Se la entregó.

—No es magia —dijo—. No le va a hacer más valiente. Solo más consciente.

Julián asintió.

—Eso me basta.

Amaranthe cerró los ojos y apoyó la mano sobre la copa.

No hubo sensación de urgencia esta vez. No hubo alivio inmediato.

Solo una quietud extraña, como si algo hubiera regresado a su sitio sin hacer ruido.

Julián abrió los ojos.

—Gracias —dijo.

Se marchó con la misma educación con la que había llegado.

Durante una semana, no ocurrió nada.

Amaranthe empezó a pensar que, tal vez, aquel caso sería distinto. Más leve. Más manejable.

Se equivocó.

La segunda vez que vio a Julián fue en la plaza.

No estaba solo.

Su mujer hablaba a gritos, sin intentar disimular.

—¡Nunca dices nada y ahora te da por esto! —decía—. ¿Delante de todo el mundo?

Julián permanecía de pie, inmóvil, con las manos crispadas.

—No puedo más —respondió—. No puedo seguir diciendo que sí a todo.

—¡Eso es egoísmo! —replicó ella—. Siempre lo ha sido, pero ahora te atreves a llamarlo dignidad.

La gente miraba. Algunos con curiosidad. Otros con incomodidad.

Amaranthe se quedó a unos pasos, sin intervenir.

—He dicho que no —repitió Julián—. Por primera vez.

—¿A qué? —preguntó ella, con una risa seca.

—A vivir así —respondió—. A desaparecer poco a poco.

La mujer lo miró como si no lo reconociera.

—Entonces, vete —dijo—. Si tan fácil es.

Julián la miró largo rato.

—Eso haré.

El silencio cayó de golpe.

Esa noche, Julián durmió en un banco de la plaza.

No lloró. No pidió ayuda. Simplemente se quedó allí, empapado por la humedad, con los ojos abiertos.

Amaranthe lo vio desde la ventana de la tienda.

—No va a aguantar —dijo en voz baja.

Avelina apareció a su lado.

—Aguantará —respondió—. Lo que no sabemos es en qué se convertirá.

Dos días después, Julián volvió.

Tenía el labio partido y un corte en la ceja. No pidió explicaciones. No pidió ayuda.

—No sabía que decir no dolía tanto —dijo.

Amaranthe sintió que algo se quebraba dentro.

—Nadie lo sabe hasta que lo hace —respondió.

—Mi mujer ha hablado con mis hijos —continuó—. Dicen que soy distinto. Que no les gusto así.

—¿Y a usted? —preguntó Amaranthe.

Julián tardó en responder.

—A mí, tampoco —dijo—. Pero al menos ahora sé quién soy.

Se sentó en una silla y respiró hondo.

—¿Puedo dejarla otra vez? —preguntó—. Solo un poco. Hasta que aprenda.

Amaranthe se quedó helada.

—No funciona así —dijo.

—Entonces no sé qué hacer —respondió Julián—. Elegir me está rompiendo.

El silencio se volvió insoportable.

Avelina negó despacio.

—Eso también es elegir —dijo—. Seguir aun cuando duele.

Julián bajó la cabeza.

—Entonces, no era una maldición —murmuró—. Era un entrenamiento.

Amaranthe lo miró con una mezcla de compasión y terror.

Cuando Julián se fue, caminando con dificultad, Amaranthe se apoyó en el mostrador.

—Esto no es justo —dijo.

—Nunca lo fue —respondió Avelina—. Solo era cómodo.

Amaranthe cerró los ojos.

El primer caso le había quitado un hijo a una madre. El segundo le estaba quitando la vida cómoda a un hombre que no sabía qué hacer con la intemperie.

Y por primera vez pensó algo que no se había permitido antes:

Tal vez el pueblo no había dejado sus decisiones por cobardía.

Tal vez las había dejado porque elegir exige un aprendizaje que nadie enseña.

Amaranthe abrió los ojos.

Si iba a seguir, tendría que hacer algo más que devolver decisiones.

Tendría que acompañar a quienes no sabían vivir con ellas.

Y esa idea —lo supo con una claridad inquietante— era mucho más peligrosa que cualquier copa.

Capítulo IX

LO QUE NUNCA SE PIDIÓ

No todos los que entraban en la tienda lo hacían para recuperar algo.

Algunos venían solo a comprobar que todavía podían marcharse sin hacerlo.

La mujer llegó una mañana clara, de esas que engañan. No traía prisa ni urgencia. Se detuvo en la puerta como quien entra en una iglesia sin fe, más por costumbre que por esperanza.

—Buenos días —dijo—. ¿Puedo pasar?

Amaranthe asintió.

La mujer avanzó despacio, mirando las estanterías vacías, el mostrador, el suelo limpio donde todavía quedaban, invisibles, los restos de cristal de la copa rota.

—No vengo a pedir nada —añadió—. Solo a mirar.

—Mirar también es una forma de pedir —respondió Amaranthe.

La mujer sonrió con cansancio.

—Entonces, pido saber si sigo siendo la misma.

Avelina levantó la vista.

—Nadie lo es —dijo—. La pregunta es cuánto se ha alejado.

La mujer se sentó sin que nadie se lo ofreciera. Sus manos descansaban en el regazo, quietas, demasiado quietas.

—Yo dejé aquí la decisión de hablar —dijo—. No de irme. No de amar. Solo de decir lo que veía.

Amaranthe sintió un estremecimiento.

—¿Cuándo?

—Hace muchos años —respondió—. Cuando todavía creía que callar era una forma de cuidar.

El silencio se instaló entre las tres.

—¿Y ahora? —preguntó Amaranthe.

La mujer bajó la mirada.

—Ahora ya no sé si quiero recuperarla —dijo—. He vivido tanto tiempo sin esa voz que temo no reconocerla.

Avelina no intervino.

—¿Qué pasaría si la recupera? —preguntó Amaranthe.

—Que tendría que explicar demasiadas cosas —respondió la mujer—. A mi marido. A mis hijos. A mí misma. Tendría que asumir que vi lo que pasaba y no dije nada.

Amaranthe comprendió.

—¿Y si no la recupera?

La mujer se encogió de hombros.

—Seguiré viviendo —dijo—. Eso siempre ha sido suficiente para los demás.

Amaranthe dudó.

—No tiene que decidir hoy.

—Eso es lo que llevo diciéndome toda la vida.

Se levantó despacio.

—No quiero que me devuelvas nada —dijo—. Solo quería saber si aún estaba aquí.

—Lo está —respondió Amaranthe—. Las decisiones no desaparecen. Se quedan esperando.

La mujer asintió.

—Eso es lo que más miedo me da.

Se fue sin mirar atrás.

Durante horas, Amaranthe no dijo nada.

Se sentó en el suelo, apoyada en el mostrador, con las rodillas recogidas. Pensó en la mujer, en Julián, en la primera madre que se había ido sin despedirse. Pensó en la diferencia entre no elegir y no atreverse.

—Esta es la peor —dijo al fin.

Avelina la miró.

—Sí —respondió—. Porque no deja ruido.

—¿Se puede vivir así? —preguntó Amaranthe.

Avelina tardó en responder.

—Se puede sobrevivir —dijo—. Pero algo se va apagando poco a poco. No duele. Eso es lo más peligroso.

Amaranthe cerró los ojos.

Esa noche, al cerrar la tienda, vio a la mujer sentada en un banco de la plaza. No lloraba. No hablaba. Miraba a la gente pasar con una atención tranquila, como si ya no esperara nada de ellos.

Al día siguiente, la mujer no volvió.

Al siguiente, tampoco.

Una semana después, alguien comentó en voz baja que había ingresado en el hospital. Nada grave. «Cansancio», dijeron. «Una tristeza que no sabían de dónde venía».

Amaranthe escuchó la frase y sintió un frío lento recorrerle la espalda.

No había pedido recuperar su decisión. Tampoco había sabido vivir sin ella.

Esa noche, Amaranthe abrió la trampilla bajo el mostrador y miró las copas vacías.

—No basta con devolver —dijo en voz baja.

Avelina apareció a su lado.

—Nunca bastó —respondió—. Pero, hasta ahora, nadie había querido saberlo.

Amaranthe cerró la trampilla.

El acto II se había desplegado ante ella con una claridad insoportable:

— elegir podía romper familias,

— elegir podía dejar a alguien a la intemperie,

— y no elegir podía apagar a una persona sin que nadie lo notara.

Se quedó de pie, en mitad de la tienda, con una certeza nueva y pesada en el pecho.

Si iba a seguir, tendría que cambiar las reglas. No de las copas. Del acompañamiento.

Porque devolver decisiones sin enseñar a sostenerlas era otra forma de abandono.

Y esa, lo supo entonces, era una violencia que no estaba dispuesta a repetir.

Capítulo X

LO QUE AVELINA NUNCA DEVOLVIÓ

Avelina cerró la tienda antes de tiempo.

No lo anunció. No lo explicó. Simplemente bajó la persiana a media tarde, cuando todavía había luz suficiente para fingir normalidad. El metal chirrió al deslizarse y Amaranthe levantó la cabeza, sorprendida.

—¿Qué haces? —preguntó.

Avelina no se volvió.

—Cerrando —respondió—. Por hoy. Por mañana. Por lo que haga falta.

Amaranthe se incorporó despacio.

—No puedes decidir eso sola.

Avelina apoyó la frente contra la persiana unos segundos antes de girarse.

—Siempre lo he hecho.

El silencio que siguió fue distinto al de otras discusiones. No había tensión inmediata, sino una distancia nueva, incómoda, como si de pronto hablaran idiomas parecidos, pero no iguales.

—La gente va a volver —dijo Amaranthe—. No a pedir. A necesitar.

—Precisamente —respondió Avelina—. Y no estoy dispuesta a seguir ofreciendo algo que no sabes manejar.

La frase cayó con peso.

—¿No sé manejar? —repitió Amaranthe.

—No —dijo Avelina—. Estás devolviendo decisiones sin saber qué hacer con quienes no pueden sostenerlas. Estás rompiendo equilibrios que, te guste o no, mantenían a la gente en pie.

Amaranthe apretó los dientes.

—¿En pie? —dijo—. ¿Llamas a eso estar en pie?

Avelina no respondió de inmediato. Caminó hasta el mostrador y se apoyó en él con cuidado, como si el cuerpo empezara a pedirle cuentas.

—Lo llamo sobrevivir —dijo al fin—. Y no todos están hechos para más.

—Eso es mentira —respondió Amaranthe—. Es miedo.

Avelina la miró entonces con una dureza que Amaranthe no le había visto nunca.

—No hables de miedo —dijo—. No cuando no sabes lo que cuesta sostener un pueblo entero.

Amaranthe sintió el golpe.

—No te lo pedí —respondió—. Nadie te pidió que cargaras con eso sola.

Avelina dejó escapar una risa breve, sin humor.

—Siempre lo pidieron —dijo—. Cada vez que alguien cruzó esa puerta. Cada vez que dejaron aquí lo que no podían soportar. ¿Crees que eso no pesa?

Amaranthe respiró hondo.

—Pero ahora lo sabes —dijo—. Sabes que no era la única opción. Sabes que enseñar a sostener una decisión también es posible.

—¿Y cuántos se romperán mientras aprenden? —preguntó Avelina—. ¿Cuántos más estás dispuesta a perder para demostrar que tienes razón?

La pregunta quedó suspendida entre ambas.

—No se trata de tener razón —dijo Amaranthe, más baja—. Se trata de no repetir lo mismo.

Avelina cerró los ojos.

—Eso dices ahora —respondió—. Pero cuando veas a alguien deshacerse del todo, vendrás a pedirme que lo hagamos como antes.

—No —dijo Amaranthe—. No volvería.

Avelina la observó con una mezcla de orgullo y temor.

—Eso mismo dijo tu madre.

El nombre cayó como una grieta.

—No la uses —dijo Amaranthe.

—La uso porque es la prueba —respondió Avelina—. Porque ella también creyó que podía cambiar las reglas sin que todo se viniera abajo.

Amaranthe dio un paso adelante.

—¿Y tú qué hiciste? —preguntó—. ¿La ayudaste?

Avelina no respondió.

—Dímelo —insistió Amaranthe—. ¿Qué hiciste cuando mi madre quiso quedarse?

Avelina bajó la mirada.

—La dejé elegir —dijo—. Y cuando eligió irse, no la detuve.

—Eso no es verdad —replicó Amaranthe—. Elegir no es lo mismo que empujar en silencio.

El aire se volvió pesado.

—¿Qué dejaste tú aquí, Avelina? —preguntó Amaranthe de pronto—. ¿Qué decisión entregaste para poder seguir?

Avelina se tensó.

—No es asunto tuyo.

—Lo es —respondió Amaranthe—. Si vas a decirme que no sé manejar esto, dime primero a qué renunciaste tú para poder hacerlo durante tantos años.

Avelina tardó en responder. Cuando lo hizo, su voz era apenas un hilo.

—La decisión de irme —dijo—. De dejar este lugar cuando entendí que ya no podía sostenerlo sin romperme.

Amaranthe sintió un vuelco.

—¿Y por qué no lo hiciste?

Avelina la miró.

—Porque alguien tenía que quedarse —respondió—. Y nadie más quiso.

El silencio que siguió fue largo, denso, irreversible.

Amaranthe comprendió entonces algo que no había querido ver: Avelina no defendía el sistema por crueldad. Lo defendía porque no sabía quién sería sin él.

—No puedo seguir así —dijo Amaranthe al fin—. No puedo devolver decisiones y luego mirar hacia otro lado.

Avelina asintió despacio.

—Entonces, tendrás que hacerlo sola —respondió—. Porque yo no puedo acompañarte ahí.

Las palabras no eran una amenaza. Eran una despedida anticipada.

Amaranthe miró la tienda: las estanterías, el mostrador, la trampilla cerrada.

—No quiero heredarte —dijo—. Quiero transformar esto.

Avelina sonrió con tristeza.

—Eso también es una forma de heredar —respondió—. La más peligrosa.

Se dio la vuelta y caminó hacia la puerta del fondo.

Antes de desaparecer, se detuvo.

—Si sigues —dijo—, habrá un momento en que no puedas volver atrás. Ni siquiera para salvar a alguien que ames.

Amaranthe no respondió.

Cuando la puerta se cerró, la tienda quedó en silencio.

Por primera vez desde que había vuelto, Amaranthe estaba verdaderamente sola.

Y supo, con una claridad que le dolió en los huesos, que el siguiente paso ya no sería compartido.

Capítulo XI

APRENDER A NO SALVAR

El hombre llegó cuando ya era de noche.

No llamó a la puerta. Esperó fuera, apoyado en la pared, como si necesitara comprobar primero que seguía allí. Amaranthe lo vio desde dentro y tardó unos segundos en abrir. Algo en su postura le recordó a Julián, pero sin la rabia: este hombre parecía cansado antes incluso de empezar.

—No vengo a dejar nada —dijo en cuanto entró—. Ni a recuperar.

Amaranthe asintió.

—Entonces, quédese —respondió—. A veces eso es suficiente.

Se sentó frente a ella, con las manos abiertas sobre las rodillas.

—Me llamo Mateo —dijo—. Mi hijo murió hace tres años.

Amaranthe sintió el impacto, seco y limpio.

—Lo siento —dijo.

—No lo sienta —respondió él—. Ya no sirve de nada.

El silencio que siguió no fue incómodo. Fue pesado.

—Dejé aquí la decisión de buscar culpables —continuó—. No podía vivir con la rabia. Me estaba comiendo por dentro.

Amaranthe escuchó sin interrumpir.

—Desde entonces —añadió—, soy un hombre tranquilo. Eso dicen. Trabajo, duermo, hablo poco. No molesto.

—¿Y usted qué cree? —preguntó Amaranthe.

Mateo se encogió de hombros.

—Que estoy vacío —dijo—. Pero no roto. Vacío es más llevadero.

Amaranthe respiró hondo.

—¿Qué quiere ahora?

Mateo la miró con una atención intensa.

—Quiero aprender —dijo—. No a recuperar nada. A vivir con lo que hay.

Amaranthe sintió una punzada de esperanza.

—Eso puedo intentarlo —respondió.

Durante días, Mateo volvió a la tienda. No para hablar siempre del hijo, sino de cosas pequeñas: el café que ya no le sabía igual, las mañanas demasiado largas, la sensación de que nada exigía su presencia real.

Amaranthe no devolvió ninguna decisión. Solo escuchó.

Le habló de la diferencia entre rabia y movimiento. De cómo elegir no siempre significa actuar, a veces, solo permitirse sentir sin hacer nada con ello.

Mateo asentía. Parecía entender.

—Me duele más —dijo un día—. Pero también siento algo parecido a… peso. Como si volviera a ocupar espacio.

—Eso es estar vivo —respondió Amaranthe.

Avelina no estaba. La tienda se sentía más grande sin ella.

La última vez que Mateo vino, lo hizo más temprano de lo habitual. Tenía los ojos brillantes, la respiración acelerada.

—Anoche soñé con él —dijo—. Con mi hijo. No como antes.

—¿Cómo? —preguntó Amaranthe.

—Enfadado —respondió—. Me gritaba. Me decía que nunca luché por saber la verdad.

Amaranthe sintió un escalofrío.

—Los sueños no son órdenes —dijo—. Son preguntas.

Mateo negó.

—No —respondió—. Son cuentas pendientes.

Amaranthe dudó.

—No tienes que hacer nada ahora —dijo—. Puedes quedarte ahí. Sostenerlo.

Mateo la miró largo rato.

—Eso creía —dijo—. Pero cuanto más sostengo, más claro lo veo.

Se levantó despacio.

—Voy a ir a buscar a quien conducía ese coche —añadió—. Sé quién es. Siempre lo supe.

Amaranthe se puso en pie.

—Mateo, eso puede destruirte.

—O devolverme —respondió—. Ya no lo sé.

—No puedo acompañarte ahí —dijo Amaranthe, con un hilo de voz.

Mateo asintió.

—Lo sé —respondió—. Pero me ayudaste a llegar hasta aquí. No te culpes por lo que venga después.

Se fue sin mirar atrás.

Esa noche, Amaranthe no pudo dormir.

Al amanecer, la policía pasó por la plaza. No entraron en la tienda. No hicieron preguntas. Pero alguien comentó en voz baja que un hombre había sido detenido tras una pelea violenta. Que otro estaba en el hospital.

Amaranthe entendió sin que nadie se lo dijera.

Se sentó en el suelo, con la espalda contra el mostrador.

—No era esto —murmuró.

Horas más tarde, Avelina regresó.

No preguntó. Miró a Amaranthe y lo supo.

—¿Qué pasó? —dijo.

—Intenté acompañar —respondió Amaranthe—. Y, aun así, eligió hacer daño.

Avelina se sentó frente a ella.

—Acompañar no es dirigir —dijo—. Y tampoco es salvar.

—Entonces, ¿para qué sirve? —preguntó Amaranthe.

Avelina tardó en responder.

—Para que alguien no esté solo cuando cruza una línea —dijo—. Eso es todo. Y no es poco.

Amaranthe cerró los ojos.

Había devuelto decisiones. Había escuchado. Había acompañado.

Y, aun así, alguien había caído.

Por primera vez, se permitió pensar algo que la asustó de verdad:

Tal vez no había forma de hacer esto sin mancharse las manos.

Y si era así, tendría que decidir cuánta responsabilidad estaba dispuesta a asumir.

No por el pueblo. No por la tienda.

Por ella.

Capítulo XII

LA CONDICIÓN

Avelina no volvió a cerrar la tienda.

Ese gesto, tan simple, fue lo que más inquietó a Amaranthe.

La persiana quedó levantada desde primera hora de la mañana. La puerta abierta. Las copas —las pocas que quedaban— inmóviles en las estanterías. Avelina estaba sentada detrás del mostrador, recta, con la espalda apoyada en la madera como si necesitara sentir algo firme.

No dijo nada cuando Amaranthe entró.

—¿Te vas a quedar? —preguntó Amaranthe al cabo de un rato.

—Eso depende de ti —respondió Avelina.

La frase no era un desafío. Era un límite.

Amaranthe se sentó frente a ella.

—Si es por lo de anoche…

—No es solo por anoche —la interrumpió Avelina—. Es por lo que estás intentando convertir esto.

Amaranthe sostuvo su mirada.

—Estoy intentando que no se rompan solos.

—Y en el intento estás empujándolos —respondió Avelina—. No siempre hacia un lugar mejor.

El silencio se llenó de cosas no dichas.

—No quiero volver a lo de antes —dijo Amaranthe—. No puedo.

—No te lo he pedido —respondió Avelina—. Pero tampoco puedo seguir aquí si no sabemos hasta dónde llega tu responsabilidad.

Amaranthe frunció el ceño.

—¿Qué quieres decir?

Avelina respiró hondo.

—Que no puedes acompañar a todo el mundo —dijo—. Que no puedes convertirte en el lugar donde se procesan todas las culpas del pueblo. Porque eso no es acompañar. Es absorber.

Amaranthe pensó en Mateo. En Julián. En la mujer del banco.

—Entonces, ¿qué hago? ¿Cerrar la puerta cuando alguien no me gusta?

—No —dijo Avelina—. Cerrar cuando no puedes sostener lo que viene después.

La frase cayó con peso.

—¿Y quién decide eso? —preguntó Amaranthe.

—Tú —respondió Avelina—. Y ahí está el problema.

Amaranthe bajó la mirada.

—No sé hacerlo.

Avelina asintió despacio.

—Nadie nace sabiendo poner límites —dijo—. Pero quien no los pone acaba dejando decisiones sin quererlo. Las suyas.

Amaranthe levantó la cabeza.

—¿Eso es lo que te pasó a ti?

Avelina tardó en responder.

—Sí —dijo al fin—. Me quedé tanto tiempo sosteniendo lo que otros no querían que dejé de preguntarme si yo quería seguir.

—Y ahora...

—Ahora estoy cansada —respondió—. Y no pienso seguir si esto se convierte en otra forma de violencia.

Amaranthe sintió un nudo en la garganta.

—¿Qué condición? —preguntó.

Avelina no titubeó.

—Si alguien entra aquí —dijo—, no devuelves nada sin preguntarte primero qué estás dispuesta a perder tú. No ellos. Tú.

El silencio se tensó.

—¿Y si no puedo responder? —preguntó Amaranthe.

—Entonces, no haces nada —respondió Avelina—. Acompañar también es saber parar.

Amaranthe pensó en todas las veces que había actuado desde la urgencia. Desde la culpa. Desde el miedo a convertirse en el pueblo.

—¿Y si se van peor de lo que entraron? —preguntó.

Avelina la miró con una calma dura.

—Eso ya ocurre —dijo—. La diferencia es si tú te conviertes en el motivo.

La campanilla de la puerta sonó.

Las dos se giraron al mismo tiempo.

En el umbral había una mujer joven, con un niño de la mano. El pequeño miraba el interior de la tienda con una curiosidad inquieta, como si reconociera algo sin saber qué.

La mujer habló primero.

—Me han dicho que aquí ayudan —dijo—. No sé si es verdad.

Amaranthe sintió cómo el cuerpo se le tensaba.

Avelina no se movió.

—Depende —respondió—. ¿A qué quiere que la ayuden?

La mujer apretó la mano del niño.

—A elegir —dijo—. Porque, si me equivoco, no solo me rompo yo.

Amaranthe cerró los ojos un segundo.

Allí estaba. La prueba inmediata. No mañana. Ahora.

Avelina se volvió hacia ella.

—Tu turno —dijo—. Decide si hoy puedes sostener esto. Y recuerda mi condición.

Amaranthe abrió los ojos.

Miró al niño. A la mujer. A la tienda.

Y por primera vez desde que había vuelto, entendió que el verdadero poder no estaba en devolver decisiones, sino en saber cuándo no hacerlo.

Respiró hondo.

—Pasa —dijo finalmente—. Pero hoy no vamos a devolver nada. Hoy solo vamos a hablar.

La mujer dudó.

—¿Eso servirá?

Amaranthe asintió.

—No lo sé —respondió—. Pero es lo único que puedo ofrecer sin romperme.

Avelina cerró los ojos un instante.

No sonrió. Pero tampoco se fue.

Y ese gesto —mínimo, silencioso— fue el acuerdo más frágil que habían hecho nunca.

Capítulo XIII

LO QUE SE DEJÓ SIN SABERLO

Ocurrió un día sin marcas.

No hubo discusión, ni llegada inesperada, ni campanilla en la puerta. La tienda estaba en silencio, abierta, atravesada por una luz suave que hacía parecer todo provisional.

Amaranthe estaba sola.

Avelina había salido temprano y no había dicho cuándo volvería. No era una ausencia hostil. Era algo peor: una retirada cuidadosa, como si quisiera comprobar qué hacía Amaranthe cuando nadie la sostenía.

Amaranthe limpió el mostrador sin necesidad. Ordenó copas que ya no se usaban. Abrió la trampilla solo para comprobar que las copas vacías seguían allí.

Entonces lo sintió.

No como un recuerdo, sino como una resistencia.

Se quedó quieta.

La sensación no venía de la trampilla, sino del fondo de la tienda, del espacio que siempre había evitado ocupar del todo. No la puerta cerrada. El lugar anterior. El aire mismo.

Apoyó la mano en el pecho.

—No —susurró—. No puede ser.

Pero lo era.

No había dejado solo recuerdos ajenos allí. No había sido solo testigo.

Ella también había dejado algo.

Se sentó en el suelo, con la espalda contra la pared, y dejó que la idea se asentara. No llegó de golpe. Llegó como llegan las verdades que no quieren ser vistas: despacio, desmontando excusas.

Cuando era niña, había entrado muchas veces en la tienda. Avelina la dejaba sentarse detrás del mostrador, jugar con papeles viejos, mirar las copas sin tocarlas. Era un lugar seguro. Un lugar donde los adultos hablaban en voz baja.

Un día, sin embargo, todo había cambiado.

No recordó la fecha. Recordó el cuerpo.

El peso en el estómago. La forma en que su madre apretaba su mano. La certeza infantil de que algo se estaba rompiendo sin ruido.

Ese día, su madre había discutido con alguien. No oyó las palabras. Oyó el tono. Luego el silencio posterior, largo, denso, irreversible.

Después, la tienda.

Avelina cerró la puerta. Su madre se agachó frente a ella.

—No tienes que entenderlo —le dijo—. Solo prométeme que no te quedarás donde no te quieran entera.

Amaranthe había asentido.

No porque entendiera. Porque quería que su madre dejara de temblar.

Ese fue el momento.

No una decisión consciente. Una rendición silenciosa.

Había dejado allí algo que no supo nombrar entonces: la decisión de quedarse con ella.

No marcharse juntas. No luchar. No preguntar.

Solo aceptar.

Las imágenes no llegaron como escenas, sino como certezas físicas. El dolor limpio de comprender algo tarde. El vértigo de saber que su madre había cargado con eso sola.

—Yo también elegí no elegir —murmuró.

Se llevó una mano a la boca.

Todo encajó de golpe:

— su vínculo con la tienda,

— su incomodidad con el silencio,

— su urgencia por devolver decisiones ajenas,

— su rabia contenida hacia el pueblo.

No estaba reparando nada.

Estaba intentando recuperar lo que había dejado sin saberlo.

La puerta del fondo crujió.

Avelina entró sin hablar.

No pareció sorprendida al ver a Amaranthe en el suelo. Se apoyó en el marco, cansada, como quien llega a un lugar que ya conoce demasiado bien.

—Ya lo sabes —dijo.

No era una pregunta.

Amaranthe levantó la vista. Tenía los ojos enrojecidos, pero no lloraba.

—¿Desde cuándo? —preguntó.

Avelina tardó en responder.

—Desde siempre —dijo—. Pero no podía decírtelo.

—¿Por qué? —preguntó Amaranthe—. ¿Por qué me dejaste vivir sin saberlo?

Avelina se acercó despacio y se sentó frente a ella.

—Porque saberlo antes te habría destruido —respondió—. Y saberlo ahora te obliga a elegir de verdad.

Amaranthe negó con la cabeza.

—Entonces, todo esto… —empezó.

—Todo esto —interrumpió Avelina— ha sido tu forma de volver.

El silencio se llenó de una emoción nueva, más peligrosa que la culpa: responsabilidad.

—Si recupero esa decisión… —dijo Amaranthe.

—No puedes —respondió Avelina—. Ya no existe como objeto. Solo como peso.

Amaranthe cerró los ojos.

—Entonces, tendré que vivir con ella.

—Eso es elegir —dijo Avelina—. No corregir el pasado. Sostenerlo.

Amaranthe respiró hondo.

—Mi madre lo sabía —dijo—. Por eso se fue.

Avelina asintió.

—Y por eso tú volviste.

Amaranthe se puso en pie despacio. Caminó hasta el centro de la tienda. Miró las estanterías vacías, la trampilla cerrada, la puerta del fondo.

—No puedo seguir devolviendo decisiones como si no fueran mías —dijo—. No puedo seguir fingiendo que soy neutral.

Avelina la observó con atención.

—¿Qué vas a hacer? —preguntó.

Amaranthe tardó en responder.

—Cambiar el final —dijo al fin—. No el de ellos. El mío.

Avelina cerró los ojos.

No sonrió. Pero tampoco discutió.

Y en ese gesto, mínimo y devastador, Amaranthe supo que había cruzado el verdadero umbral.

Ya no se trataba del pueblo. Ni de la tienda. Ni siquiera de las copas.

Se trataba de qué hacer con la decisión que había dejado siendo niña y que ahora, por fin, había vuelto a su cuerpo.

Capítulo XIV

CUANDO EL SISTEMA SE DEFIENDE

No fue el pueblo quien llamó primero.

Fue el silencio.

Durante dos días, nadie entró en la tienda. No para pedir, no para mirar, no para comprobar si seguía abierta. La plaza parecía más amplia, como si hubiera aprendido a rodear el edificio sin tocarlo.

Amaranthe lo notó en los detalles: el cartero que dejaba las cartas en la esquina y no subía los escalones, la mujer del bar que ya no levantaba la vista al verla pasar, el banco frente al escaparate siempre vacío.

—Esto no es calma —dijo Amaranthe—. Es espera.

Avelina asintió.

—Están decidiendo cómo nombrarte —respondió—. Y eso siempre precede a algo peor.

La primera señal concreta llegó esa tarde.

Un papel doblado, deslizado bajo la puerta.

No llevaba firma ni membrete. Solo una frase, escrita con letra clara:

«HAY COSAS QUE NO TE CORRESPONDEN».

Amaranthe lo leyó dos veces.

—No es una amenaza —dijo.

—No —respondió Avelina—. Es un recordatorio de jerarquía.

La segunda señal fue más precisa.

Al día siguiente, dos hombres del ayuntamiento entraron sin saludar. No eran los mismos de la inspección anterior. Estos no fingían incomodidad.

—Venimos a revisar el uso del local —dijo uno, sin levantar la vista de la carpeta—. Hemos recibido quejas.

—¿De qué tipo? —preguntó Amaranthe.

—Interferencias emocionales —respondió el otro, como si leyera una lista de la compra—. Alteración del orden comunitario. Daños colaterales.

Avelina soltó una risa breve.

—Eso es nuevo —dijo.

—No —replicó el hombre—. Solo que ahora tenemos palabras.

Recorrieron la tienda con lentitud, anotando cosas que no miraban realmente: el tamaño del espacio, la ausencia de mercancía, la trampilla cerrada.

—¿Siguen devolviendo… cosas? —preguntó uno.

Amaranthe sostuvo su mirada.

—Ya no —dijo—. Ahora hablamos.

Los dos hombres intercambiaron una mirada rápida.

—Eso es incluso peor —dijo uno de ellos—. No hay regulación para eso.

Cuando se fueron, la sensación de cerco era ya visible.

Esa noche, alguien golpeó el escaparate con una piedra.

No rompió el cristal. Lo hizo vibrar lo suficiente como para que sonara por toda la tienda. Amaranthe se levantó de un salto. Avelina no se movió.

—No van a entrar —dijo—. No todavía.

—¿Por qué? —preguntó Amaranthe.

—Porque aún creen que pueden obligarte a elegir mal —respondió.

Al día siguiente, el pueblo habló.

No en voz alta. En versión oficial.

El alcalde convocó una reunión «informativa». No mencionó la tienda en el cartel. Solo un título ambiguo:

«Convivencia y bienestar comunitario».

Amaranthe fue.

Entró en la sala sin esconderse. Algunos la miraron. Otros, no. El alcalde habló de tensiones recientes, de la necesidad de preservar la armonía, de evitar dinámicas individuales que pusieran en riesgo al conjunto.

—Hay personas que —dijo—, con buena intención, están removiendo asuntos que ya estaban resueltos.

Amaranthe se levantó.

—No estaban resueltos —dijo—. Estaban enterrados.

Un murmullo recorrió la sala.

—Precisamente —respondió el alcalde—. Enterrar también es una forma de cuidado.

—No cuando asfixia —replicó Amaranthe.

El alcalde la miró con una calma estudiada.

—Nadie te ha pedido que cargues con esto —dijo—. Pero, si insistes, tendremos que proteger al pueblo. Incluso de ti.

—¿Cómo? —preguntó Amaranthe.

—Poniendo límites —respondió—. Cerrando espacios que generan daño. Aislando focos de conflicto.

Amaranthe entendió.

No querían destruir la tienda. Querían neutralizarla.

Esa noche, Avelina habló por fin.

—Van a ofrecerte algo —dijo—. Una salida limpia.

—¿Qué tipo de salida?

—Te dejarán ir —respondió—. Sin culpa. Sin ruido. Dirán que todo fue un malentendido.

Amaranthe se sentó frente a ella.

—¿Y la tienda?

Avelina bajó la mirada.

—Se convertirá en otra cosa —dijo—. Algo que no haga preguntas.

El silencio se tensó.

—¿Y si no acepto? —preguntó Amaranthe.

Avelina la miró con gravedad.

—Entonces, te convertirán en el problema —respondió—. No como persona. Como símbolo.

Amaranthe pensó en su madre. En su marcha silenciosa. En la decisión que había dejado sin saberlo.

—No me fui entonces —dijo—. No me voy ahora.

Avelina asintió despacio.

—Eso esperaba que dijeras —respondió—. Y eso es lo que más miedo me da.

Porque cuando un sistema se defiende, no ataca primero a quien lo desafía.

Ataca lo que esa persona ama.

Amaranthe lo entendió en ese instante.

Y supo, con una claridad que le heló el pecho, que el siguiente movimiento ya no sería abstracto.

Sería personal.

Capítulo XV

LO QUE SE RETIRA SIN RUIDO

No se llevaron a Avelina por la fuerza.

Eso habría sido más fácil de entender.

Vinieron una mañana clara, con papeles en la mano y una educación impecable. Dos mujeres y un hombre. Ninguno levantó la voz. Ninguno parecía incómodo. Era, en esencia, una visita amable.

Amaranthe los vio llegar desde dentro y supo, antes de que entraran, que no habían venido a discutir.

—Buenos días —dijo una de las mujeres—. ¿La señora Avelina?

Avelina se adelantó despacio. Ese día caminaba con dificultad, apoyándose más de lo habitual en el mostrador.

—Soy yo —respondió.

—Venimos del servicio de atención comunitaria —añadió el hombre—. Hemos recibido varios avisos sobre su estado de salud.

Amaranthe sintió cómo el cuerpo se le tensaba.

—Está bien —dijo—. Cansada, pero bien.

La mujer sonrió con profesionalidad.

—Precisamente —respondió—. A su edad, el cansancio no es un detalle menor.

Avelina no intervino. Escuchaba con atención, como quien reconoce una melodía conocida.

—Nos gustaría hacerle unas preguntas —continuó la otra mujer—. Y proponerle algunas opciones.

La palabra quedó flotando.

—No necesito opciones —dijo Avelina—. Necesito seguir donde estoy.

—Eso es lo que queremos evitar —respondió el hombre—. Que tenga que seguir sosteniendo cosas que ya no le corresponden.

Amaranthe dio un paso adelante.

—¿Quién decide eso? —preguntó.

—La comunidad —respondió la mujer—. Y los informes médicos.

Sacaron los papeles. No los mostraron de inmediato. No hacía falta.

—Hay una residencia tranquila —dijo una de ellas—. Con jardín. Personal atento. Gente de su edad.

Avelina cerró los ojos un instante.

—¿Y la tienda? —preguntó.

—La tienda ya no es una responsabilidad viable para usted —respondió el hombre—. Es una carga.

Amaranthe sintió el golpe.

—No pueden hacer esto —dijo—. Ella no ha pedido irse.

La mujer la miró con una paciencia estudiada.

—Las personas que han cuidado de otros toda su vida —dijo— rara vez piden ayuda cuando la necesitan.

Avelina abrió los ojos.

—No estoy incapacitada —dijo—. Estoy cansada. Hay una diferencia.

—La hay —respondió el hombre—. Pero no siempre es relevante a efectos prácticos.

El silencio se volvió espeso.

—¿Cuándo? —preguntó Avelina.

—Hoy, si es posible —respondió la mujer—. Mañana, como muy tarde.

Amaranthe miró a Avelina. Esperó una señal. Un gesto. Una negativa.

Avelina no la miró.

—Déjenme recoger mis cosas —dijo.

—Avelina... —susurró Amaranthe.

Avelina alzó una mano.

—No ahora —dijo—. No delante de ellos.

Se movió despacio por la tienda. No tocó las estanterías. No miró la trampilla. Fue directa al cuarto del fondo. Sacó una pequeña bolsa, ya preparada.

Eso fue lo que más dolió.

—¿Lo sabías? —preguntó Amaranthe, en voz baja.

Avelina asintió apenas.

—Desde hace tiempo —respondió—. Los sistemas no atacan de frente. Te sustituyen.

Amaranthe apretó los dientes.

—No voy a permitirlo.

Avelina la miró por fin.

—No te equivoques —dijo—. Esto no va de permitir. Va de elegir dónde luchas.

Las mujeres esperaban en silencio.

—Quiero despedirme —dijo Avelina.

—Por supuesto —respondió una de ellas—. Tómese el tiempo que necesite.

Salieron.

La tienda quedó en silencio.

—No puedo seguir sin ti —dijo Amaranthe.

Avelina negó despacio.

—Sí puedes —respondió—. Solo que ahora sabrás cuánto cuesta.

Amaranthe tragó saliva.

—Es una injusticia.

—No —dijo Avelina—. Es coherencia. El pueblo siempre necesitó que alguien se quedara para que otros no tuvieran que hacerlo. Ahora quieren que seas tú.

Amaranthe sintió vértigo.

—No soy tú.

—No —respondió Avelina—. Y por eso todavía hay esperanza.

Se acercó al mostrador por última vez y apoyó la mano en la madera.

—Escúchame bien —dijo—. No intentes salvar la tienda. No intentes salvar al pueblo. No intentes salvarme a mí.

Amaranthe negó con la cabeza.

—Entonces, ¿qué hago?

Avelina sostuvo su mirada con una claridad absoluta.

—Elige qué devuelves y qué no —dijo—. Y acepta que habrá consecuencias.

Se oyó un golpe suave en la puerta.

—Es hora —dijo una voz desde fuera.

Avelina tomó su bolsa.

—No vengas —añadió—. No hoy. No conviertas esto en un espectáculo.

Amaranthe no se movió.

Avelina pasó junto a ella y se detuvo un segundo.

—Gracias por devolverme algo que ni siquiera sabía que había dejado —susurró—. La posibilidad de irme sin fingir.

Y se fue.

La puerta se cerró con un sonido leve, definitivo.

Amaranthe se quedó sola en la tienda.

Por primera vez, el lugar no parecía un refugio ni una herencia.

Parecía un campo de batalla abandonado.

Amaranthe apoyó las manos en el mostrador y respiró hondo.

El sistema había hecho su movimiento.

Ahora le tocaba a ella decidir si respondía protegiendo lo que quedaba o rompiendo lo que aún sostenía al pueblo.

Y supo, con una claridad que ya no le dio miedo, que no habría forma de hacer ambas cosas.

Capítulo XVI

LA OFERTA QUE NO PARECÍA UNA AMENAZA

La carta no llegó por el buzón.

La dejaron sobre el mostrador, doblada en dos, sin sobre ni firma. Amaranthe la encontró al amanecer, cuando aún no había terminado de aceptar el silencio nuevo de la tienda sin Avelina.

No preguntó quién la había dejado. Lo supo.

La letra era clara, impersonal, entrenada para no delatar a nadie.

«Nos gustaría hablar contigo. No como adversarios. Como personas responsables».

Amaranthe leyó la frase dos veces.

No había ultimátum. No había urgencia. Eso era lo inquietante.

La reunión no fue en el ayuntamiento.

Fue en una casa privada, amplia, limpia, con ventanas grandes y plantas bien cuidadas. Un lugar donde nadie alzaba la voz porque no hacía falta.

Había tres personas esperándola. Dos hombres. Una mujer. Todos conocidos. Todos respetados. Todos perfectamente tranquilos.

—Gracias por venir —dijo la mujer—. Sabíamos que lo harías.

—No lo hice por vosotros —respondió Amaranthe.

—Nunca lo hacen —dijo uno de los hombres, sin ironía—. Por eso funcionas.

La frase la descolocó.

—No hemos venido a pedirte que te vayas —continuó la mujer—. Ni a cerrar la tienda. Eso sería torpe.

Amaranthe se mantuvo de pie.

—Entonces, id al grano.

El segundo hombre apoyó los codos en la mesa.

—Queremos que sigas —dijo—. Pero no así.

El silencio se tensó.

—Explícate —dijo Amaranthe.

—Lo que has hecho —continuó él— ha demostrado algo importante: el sistema anterior estaba agotado. Avelina lo sostuvo demasiado tiempo. Tú lo has forzado a cambiar.

Amaranthe sintió un frío lento.

—Eso no suena a reproche.

—No lo es —respondió la mujer—. Es un reconocimiento.

Sacó un documento y lo deslizó sobre la mesa.

—Queremos institucionalizar lo que haces.

Amaranthe no tocó el papel.

—¿Cómo?

—Normas —dijo el primer hombre—. Supervisión. Casos seleccionados. Acompañamiento regulado.

—Control —corrigió Amaranthe.

—Responsabilidad —respondió él—. Llámalo como quieras.

Amaranthe negó despacio.

—Eso es lo mismo que antes, con palabras nuevas.

—No exactamente —intervino la mujer—. Antes, la gente dejaba decisiones para no sufrir. Ahora podrían recuperarlas… con tu guía.

Amaranthe la miró con atención.

—¿Y el precio?

La mujer sostuvo su mirada.

—El precio es que no todo el mundo podrá hacerlo —dijo—. Solo quienes cumplan ciertos criterios. Estabilidad. Red de apoyo. Capacidad de integración.

—¿Y quién decide eso?

—Nosotros —respondió el hombre—. Contigo.

La frase era la trampa.

Amaranthe comprendió de golpe: no querían eliminarla. Querían convertirla en filtro.

—Avelina —dijo—. ¿Esto también fue así con ella?

La mujer bajó la mirada un segundo.

—Avelina nunca aceptó del todo —dijo—. Por eso se volvió un problema.

Amaranthe apretó los dedos.

—¿Y si digo que no?

El hombre se encogió de hombros.

—Entonces, seguirás sola —respondió—. Sin respaldo. Sin protección. Sin Avelina.

La palabra cayó con cuidado.

—No la hemos apartado por castigo —añadió—. La hemos protegido. A ti también podemos protegerte.

Amaranthe respiró hondo.

—¿Qué ganáis vosotros?

La mujer sonrió, casi con tristeza.

—Estabilidad —dijo—. Que el pueblo no se rompa por completo.

Amaranthe cerró los ojos un instante.

Vio a Julián en el banco. Al hijo que no entendió la marcha de su madre. A Mateo cruzando una línea sin vuelta atrás. A Avelina saliendo sin ruido.

—Si acepto —dijo—, ¿qué ocurre con quienes no encajan?

Nadie respondió de inmediato.

—Seguirán viviendo —dijo al fin uno—. Como siempre.

Amaranthe entendió.

La oferta era perfecta. Elegante. Razonable.

Y profundamente injusta.

—Me estáis pidiendo que decida quién merece elegir —dijo.

—Ya lo haces —respondió la mujer—. La diferencia es si quieres hacerlo sola… o con poder.

El silencio se cerró sobre ellos.

Amaranthe miró el documento por primera vez.

Era una salida limpia. Una protección. Una forma de quedarse sin ser atacada.

Y también la forma más eficaz de repetir el sistema con otro nombre.

—¿Puedo pensarlo? —preguntó.

—Por supuesto —respondió la mujer—. Tómate tu tiempo.

Amaranthe se levantó.

—Una cosa más —dijo antes de irse—. ¿Qué pasará si digo que sí?

Los tres se miraron.

—Nada —respondió el hombre—. Eso es lo mejor.

Amaranthe salió a la calle con el papel doblado en el bolsillo.

Nada.

Esa era la promesa. Y también la amenaza.

Mientras caminaba hacia la tienda vacía, entendió con una claridad brutal que el verdadero dilema no era aceptar o rechazar la oferta.

Era decidir si estaba dispuesta a convertirse en lo que siempre había combatido para evitar algo peor.

Y supo que, eligiera lo que eligiera, ya no habría vuelta atrás.

Capítulo XVII

ENSAYO GENERAL

Amaranthe no volvió directamente a la tienda.

Caminó sin rumbo durante un rato, con el documento doblado en el bolsillo del abrigo, notando su peso como si fuera algo más que papel. La tarde estaba tranquila. Demasiado. El pueblo parecía haber decidido comportarse, como si ya diera por hecho que ella también lo haría.

Entró en el bar.

Fue la primera vez desde que todo había empezado.

La mujer que atendía levantó la vista y dudó apenas un segundo antes de hablar.

—¿Qué te pongo?

No dijo su nombre. Eso también era una decisión.

—Un café —respondió Amaranthe.

Se sentó en una mesa lateral, lejos de la ventana. Observó a la gente. Nadie la miraba directamente, pero todos parecían saber que estaba allí. Había conversaciones normales, risas contenidas, una sensación general de tregua.

«Así se sentiría aceptar», pensó.

El café llegó rápido. Demasiado.

Cuando pagó, la mujer del bar habló en voz baja.

—He oído que vais a arreglarlo.

—¿Arreglar qué? —preguntó Amaranthe.

La mujer se encogió de hombros.

—Todo —dijo—. Para que deje de doler.

Amaranthe salió sin responder.

De camino a la tienda, se desvió hacia una casa pequeña, cerca del límite del pueblo. No había ido allí antes. No oficialmente.

Llamó.

Tardaron en abrir. Una mujer joven apareció en la puerta. Tenía ojeras profundas y un niño dormido en brazos.

—Perdona —dijo Amaranthe—. No vengo a devolver nada.

La mujer la miró con desconfianza.

—Entonces, ¿a qué vienes?

Amaranthe respiró hondo.

—A probar algo —respondió—. A ver qué pasa cuando no hago nada.

La mujer frunció el ceño.

—Eso ya lo hago yo —dijo—. Todos los días.

Amaranthe asintió.

—Por eso.

Entró.

No habló de copas. No habló de decisiones guardadas. No ofreció soluciones.

Escuchó.

La mujer habló de un trabajo que no podía dejar, de un hombre que se había ido sin irse del todo, de un niño que no dormía, de una vida que se sostenía por inercia.

—Si pudiera elegir —dijo la mujer—, me iría. Pero no puedo.

—¿Por qué? —preguntó Amaranthe.

—Porque nadie vendría conmigo —respondió—. Y no quiero elegir sola.

Amaranthe sintió el golpe.

«Esto es lo que el sistema quiere evitar», pensó. Gente eligiendo sin red.

Cuando se fue, ya era de noche.

La tienda estaba cerrada, pero Amaranthe entró. Encendió una sola luz. Sacó el documento y lo desplegó sobre el mostrador.

Normas. Criterios. Supervisión.

Todo era razonable.

Entonces, ocurrió algo pequeño.

Una mujer llamó a la puerta.

Amaranthe dudó. La condición de Avelina resonó en su cabeza.

Abrió.

—Me han dicho que hoy no devuelves nada —dijo la mujer—. Que estás pensando.

—Es verdad —respondió Amaranthe.

—Entonces, solo dime una cosa —pidió la mujer—. Si aceptas…, ¿a mí me tocaría?

La pregunta era limpia. Cruel en su sencillez.

Amaranthe no supo responder.

La mujer asintió, como si esa fuera la respuesta.

—Eso pensaba —dijo—. Gracias por no mentir.

Se fue.

Amaranthe cerró la puerta despacio.

Se apoyó en el mostrador y sintió algo nuevo: no culpa, no miedo, sino vergüenza.

No por lo que había hecho. Por lo que estaba a punto de aceptar.

Miró el papel.

Aceptar significaba orden. Protección. Continuidad.

Rechazar significaba conflicto. Daño. Soledad.

Pero el ensayo había sido claro.

Con el «sí», el dolor se volvía invisible. Con el «no», al menos tenía nombre.

Amaranthe dobló el documento con cuidado.

No lo rompió. No aún.

Lo guardó en el cajón inferior del mostrador, donde antes habían estado las copas vacías.

Se sentó en el suelo, con la espalda contra la madera.

—No voy a decidir hoy —dijo en voz alta.

La tienda no respondió.

Pero por primera vez desde que Avelina se había ido, Amaranthe sintió que el silencio no le pedía nada.

Solo le devolvía la pregunta.

Capítulo XVIII

DECIRLO EN PÚBLICO

Amaranthe no anunció nada.

No colgó avisos ni pidió reuniones. Abrió la tienda a la hora habitual y dejó la puerta completamente abierta, de par en par, como no se había hecho nunca. La persiana no estaba a medias: estaba arriba del todo.

El gesto fue suficiente.

A media mañana, la plaza empezó a llenarse. No de golpe, sino por acumulación. Personas que pasaban y se quedaban. Otras que se detenían fingiendo esperar a alguien. Nadie entraba. Nadie se iba.

Amaranthe se colocó detrás del mostrador, de pie, visible.

Cuando el murmullo alcanzó cierta densidad, habló.

No alzó la voz. No la necesitó.

—No voy a aceptar la oferta.

El silencio cayó de inmediato, como si alguien hubiera cerrado una ventana invisible.

—No voy a decidir quién merece elegir —continuó—. Ni quién está preparado. Ni quién encaja.

Alguien se movió incómodo al fondo.

—Tampoco voy a seguir devolviendo decisiones como antes —añadió—. No porque no funcione. Porque no es suficiente.

Las palabras empezaron a recorrer el espacio con lentitud, chocando unas con otras.

—Elegir duele —dijo Amaranthe—. Y no hay forma de hacerlo sin consecuencias. Lo que hacíamos aquí antes servía para no sentirlas. Lo que me han propuesto ahora sirve para repartirlas mejor.

Una mujer habló desde la puerta.

—Entonces, ¿qué nos queda?

Amaranthe la miró.

—Responsabilidad —respondió—. Compartida. Visible. Imperfecta.

Un hombre dio un paso adelante.

—¿Eso qué significa? —preguntó—. ¿Que nos las arreglemos solos?

—No —respondió Amaranthe—. Significa que nadie va a hacerlo por vosotros.

El murmullo volvió, más tenso.

—Esta tienda —continuó— ya no va a guardar decisiones. Ni a devolverlas. Va a ser un lugar donde se hable de ellas. Donde se nombre el miedo antes de esconderlo. Donde nadie pueda fingir que no sabía.

—Eso no sirve —dijo alguien—. Hablar no cambia nada.

Amaranthe asintió.

—Hablar, no —respondió—. Escuchar, sí. Y elegir después, sabiendo que otros te han visto hacerlo.

El alcalde apareció entonces, sin prisa, como si hubiera calculado el momento exacto.

—Esto es irresponsable —dijo—. Estás rompiendo un equilibrio frágil.

—No —respondió Amaranthe—. Estoy mostrando que nunca fue equilibrio. Era silencio repartido.

El alcalde la miró con dureza.

—Si sigues por este camino, no podremos protegerte.

Amaranthe sostuvo su mirada.

—Nunca lo hicisteis —dijo—. Solo os protegisteis de escuchar.

El silencio fue absoluto.

—La tienda cerrará —dijo el alcalde—. No hoy. Pero lo hará.

—Puede ser —respondió Amaranthe—. Pero lo que ocurra aquí ya no depende de un local.

Alguien rompió a llorar.

No fue dramático. Fue breve. Contagioso.

Una mujer mayor habló desde el fondo.

—¿Y Avelina? —preguntó—. ¿Qué diría ella?

Amaranthe sintió el golpe, pero no esquivó la pregunta.

—Que elegir cansa —dijo—. Y que nadie debería hacerlo solo.

No hubo aplausos. No hubo gritos.

Hubo algo más incómodo: gente mirándose entre sí, reconociéndose en silencio, entendiendo que la salida ya no era individual.

Uno a uno, empezaron a entrar.

No a pedir. A sentarse.

Amaranthe no se movió del mostrador.

Ese día no devolvió nada. No acompañó a nadie de forma privada.

Solo estuvo.

Y el pueblo, por primera vez en mucho tiempo, tuvo que decidir qué hacer con una verdad que ya no podía dejar en una copa.

Al caer la tarde, la plaza estaba casi vacía.

Amaranthe cerró la puerta despacio.

Sabía que vendría la respuesta. Sabía que no sería amable.

Pero también supo algo nuevo, firme, inesperado:

Por primera vez, no estaba sola en la intemperie.

Capítulo XIX

LO QUE EMPIEZA A PERDERSE

El primer día después de lo que Amaranthe dijo en público no ocurrió nada.

Eso fue lo más inquietante.

La tienda abrió con normalidad. La plaza estaba limpia. El aire tenía ese tono de falsa calma que aparece cuando alguien ha decidido no discutir más… sino actuar en otro plano.

Amaranthe se quedó de pie detrás del mostrador durante horas. Entraron tres personas. No hablaron. Se sentaron unos minutos y se fueron. No preguntaron nada. No pidieron nada.

—Esto es nuevo —murmuró.

Por la tarde, el primer gesto concreto llegó desde donde menos lo esperaba.

Fue al hospital a ver a Avelina.

La encontró sentada junto a una ventana, mirando un jardín que no parecía importarle. Estaba despierta, pero más delgada, más ausente, como si algo se hubiera replegado dentro de ella.

—Te han cambiado de habitación —dijo Amaranthe.

Avelina asintió.

—Es más tranquila —respondió—. También más lejos.

Amaranthe se sentó a su lado.

—He hablado —dijo—. En la plaza. No acepté la oferta.

Avelina no sonrió.

—Lo sé —respondió—. Aquí las noticias llegan rápido cuando conviene.

—Pensé que estarías... —Amaranthe dudó—. No sé. Orgullosa.

Avelina la miró por primera vez con atención real.

—Estoy preocupada —dijo—. Eso viene después del orgullo.

Amaranthe frunció el ceño.

—¿Qué está pasando aquí? —preguntó.

Avelina bajó la voz.

—Han cambiado al personal —respondió—. Ya no son los mismos. No preguntan. No escuchan. Ejecutan.

Amaranthe sintió un frío lento.

—¿Ejecutan qué?

—La calma —respondió Avelina—. Me están dejando apagarme despacio.

Amaranthe apretó los puños.

—No pueden hacer eso.

—Pueden —dijo Avelina—. Y lo hacen muy bien.

El silencio se cargó de algo nuevo: impotencia.

—Esto es por mí —dijo Amaranthe.

—No —respondió Avelina—. Es por el ejemplo.

Avelina apoyó la mano sobre la de ella.

—Cuando alguien demuestra que se puede vivir de otra forma, el sistema no siempre lo destruye —dijo—. A veces, lo vuelve invisible.

Amaranthe tragó saliva.

—No voy a dejar que te borren.

Avelina negó despacio.

—Eso es lo que quieren que intentes —dijo—. Que reacciones. Que te equivoques. Que pierdas el control.

Amaranthe se levantó de golpe.

—Entonces, dime qué hago.

Avelina la miró con cansancio.

—Aguanta —respondió—. Y mira quién más empieza a desaparecer.

Amaranthe salió del hospital con el pecho apretado.

La segunda pérdida fue más sutil.

La mujer joven del niño dejó de venir a la tienda. No porque no quisiera. Porque ya no estaba. Se había marchado sin avisar. Nadie supo decir a dónde.

—Se fue de madrugada —dijo alguien—. Mejor así.

La frase se repitió dos veces más esa semana. «Mejor así».

El tercer golpe fue directo.

Una mañana, Amaranthe encontró la puerta de la tienda forzada. No rota. Forzada con cuidado. Dentro no faltaba nada.

Excepto una cosa.

La trampilla estaba abierta.

Las copas vacías habían desaparecido.

Amaranthe se sentó en el suelo, incapaz de moverse durante largos minutos.

No era un robo.

Era un mensaje.

No querían destruir lo que había creado. Querían apropiarse del espacio sin ella.

Ese mismo día recibió una llamada.

—Esto se está yendo de las manos —dijo una voz conocida—. Aún puedes arreglarlo.

—¿Cómo? —preguntó Amaranthe.

—Aceptando —respondió la voz—. No por ti. Por Avelina.

Amaranthe colgó.

Esa noche volvió al hospital.

Avelina dormía. Su respiración era irregular. Un monitor emitía un pitido suave, constante, como una cuenta atrás discreta.

Amaranthe se sentó a su lado.

—Me están quitando todo —susurró—. Sin tocarme.

Avelina no despertó.

Amaranthe comprendió entonces el movimiento completo:

No querían que eligiera mal. Querían que eligiera sola.

Y por primera vez desde que todo había empezado, el pensamiento apareció con una claridad insoportable:

Tal vez aceptar la oferta no sería traición. Tal vez sería protección.

La idea la avergonzó.

Pero no desapareció.

Se quedó allí, sentada en la penumbra del hospital, con el sonido regular de la máquina marcando el tiempo, entendiendo que el sistema había hecho lo que mejor sabía hacer:

convertir la resistencia en cansancio.

Y supo, con una certeza que la hizo temblar, que el siguiente capítulo ya no sería sobre el pueblo.

Sería sobre qué estaba dispuesta a sacrificar para no perderlo todo.

Capítulo XX

DOS FORMAS DE PERDER

La llamada llegó de madrugada.

No sonó insistente. Sonó una vez, esperó, volvió a sonar. Como si quien llamaba supiera que Amaranthe no estaba durmiendo.

—Sabíamos que vendrías hoy —dijo la voz—. El hospital siempre acelera las cosas.

Amaranthe no respondió.

—Avelina está estable —continuó—. Pero frágil. Necesita tranquilidad. Rutina. Silencio.

—Eso no es vivir —respondió Amaranthe.

—A su edad —dijo la voz—, es una forma aceptable de hacerlo.

Amaranthe apretó el teléfono.

—¿Qué queréis?

Hubo una pausa breve. Medida.

—Que aceptes —dijo la voz—. Hoy. Sin discursos. Sin plaza. Sin gestos simbólicos.

—¿Y si no?

—Entonces, mañana se iniciará el traslado definitivo —respondió—. Otro centro. Más lejos. Más… adecuado.

Amaranthe cerró los ojos.

—Esto es chantaje.

—No —dijo la voz—. Es gestión de daños.

La llamada terminó sin despedida.

Amaranthe se quedó sentada en la cama, con el teléfono aún en la mano. No lloró. No gritó. Solo dejó que el cansancio le bajara por los hombros como una losa.

Al amanecer, fue a la tienda.

No abrió.

Se sentó en el escalón de la entrada, con la persiana cerrada, y esperó.

No sabía a quién. Tal vez a sí misma.

A media mañana, alguien se sentó a su lado.

Era la mujer mayor que había hablado el día de la plaza.

—Te están apretando —dijo, sin rodeos.

—Sí.

—Siempre lo hacen así —continuó—. Cuando no pueden contigo, van a por lo que te sostiene.

Amaranthe miró al suelo.

—Si acepto, todo se calma.

La mujer asintió.

—Claro —dijo—. La calma es su producto estrella.

—Y Avelina…

—Vivirá —interrumpió—. Pero no como tú la conoces.

Amaranthe tragó saliva.

—Si no acepto —dijo—, la pierdo.

La mujer negó despacio.

—La pierdes igual —respondió—. Solo decides cómo.

Amaranthe levantó la vista.

—No quiero ser valiente —dijo—. Quiero que deje de doler.

La mujer la miró con una compasión seca.

—Eso es lo que todos quieren cuando llegan aquí —respondió—. Por eso existían las copas.

Amaranthe cerró los ojos.

Vio a Avelina apoyando la mano en el mostrador. Vio a su madre inclinándose para que no tuviera que entender. Vio a la niña que había aceptado quedarse callada para no perder a nadie.

—Si acepto —dijo—, me convierto en filtro. En excusa. En sistema.

—Sí.

—Y si no…

—Entonces, rompes algo que no se volverá a construir —respondió la mujer—. Pero no serás tú quien decida quién merece elegir.

Amaranthe respiró hondo.

Se levantó.

—Gracias —dijo—. No sabía que necesitaba oírlo así.

La mujer se levantó también.

—Nadie quiere oírlo —respondió—. Pero alguien tiene que decirlo.

Amaranthe entró en la tienda por la puerta trasera.

Encendió todas las luces.

Abrió el cajón inferior del mostrador.

Sacó el documento.

Lo extendió sobre la madera.

Lo leyó por última vez.

Normas. Criterios. Excepciones.

Firmar significaba quedarse. No firmar significaba perder.

Tomó el bolígrafo.

Durante un segundo, pensó en Avelina sola en una habitación blanca. En el jardín que no le importaba. En la respiración cada vez más irregular.

El bolígrafo tembló.

Entonces lo dejó.

No rompió el papel.

Lo dobló con cuidado. Demasiado cuidado.

Lo colocó dentro de una de las copas que aún quedaban en la estantería superior.

La copa más simple. Transparente. Sin historia.

Y la dejó caer.

El cristal estalló contra el suelo con un sonido seco, definitivo.

Amaranthe no se movió.

No era un gesto para el pueblo. No era una amenaza.

Era una decisión tomada sin intermediarios.

Cogió el teléfono.

Marcó el número que había memorizado.

—No voy a aceptar —dijo cuando contestaron—. Y si Avelina empeora, será responsabilidad vuestra. Nombrada. Escrita. Compartida.

—Estás cometiendo un error —respondió la voz.

—No —dijo Amaranthe—. Estoy eligiendo sin dejarlo en ningún sitio.

Colgó.

Se sentó en el suelo, entre los restos de cristal.

No sintió alivio. No sintió orgullo.

Sintió algo más incómodo y real:

pérdida asumida.

Sabía que Avelina podía pagar ese precio. Sabía que el pueblo no perdonaría fácilmente. Sabía que ella misma no saldría intacta.

Pero, por primera vez desde que era niña, no había dejado su decisión en manos de nadie.

Y eso, aunque doliera, era exactamente el final que había elegido empezar.

Capítulo XXI

LO QUE YA NO PUEDE SOSTENERSE

El sistema respondió al día siguiente.

No con una llamada. No con una amenaza.

Con un comunicado.

El papel estaba pegado en la puerta de la tienda cuando Amaranthe llegó. Blanco, limpio, impreso con tipografía oficial. No llevaba firma personal. No la necesitaba.

«Cese de actividad temporal por motivos de seguridad comunitaria».

Amaranthe lo leyó despacio.

«Temporal» siempre había sido una palabra cómoda. Permitía cerrar sin admitir cierre. Prometía un regreso que nadie estaba obligado a cumplir.

Entró igualmente.

Dentro, la tienda parecía más pequeña. No porque hubiera cambiado nada, sino porque ya no contenía promesas. Las estanterías vacías, el mostrador marcado por los años, el suelo donde aún quedaban fragmentos microscópicos de cristal.

Amaranthe no recogió los restos.

No quería borrar la prueba.

A media mañana, dos personas entraron sin pedir permiso. No eran del ayuntamiento. No eran del hospital. Eran del tipo de gente que nunca levanta la voz porque no lo necesita.

—Venimos a inventariar —dijo uno—. Para que no haya malentendidos.

—No hay nada que inventariar —respondió Amaranthe.

—Eso es lo que tenemos que confirmar.

Recorrieron el espacio sin tocar nada. Tomaron notas. Fotografías. Midieron distancias.

—¿Piensas recurrir? —preguntó la mujer, sin mirarla.

—No —respondió Amaranthe—. No todo tiene que sostenerse para siempre.

La mujer levantó la vista por primera vez.

—Eso no suele decirlo quien pierde.

—No estoy perdiendo —respondió Amaranthe—. Estoy dejando.

La mujer no contestó.

Cuando se fueron, la tienda quedó oficialmente vacía.

Por la tarde, Amaranthe fue al hospital.

Avelina estaba despierta.

—Han cerrado la tienda —dijo Amaranthe, sin rodeos.

Avelina asintió despacio.

—Era previsible.

—No es justo.

Avelina sonrió apenas.

—Nunca lo es cuando alguien deja de sostener lo que no le corresponde.

Amaranthe se sentó junto a la cama.

—He dicho que no —dijo—. Hasta el final.

Avelina la miró con una mezcla de ternura y cansancio.

—Eso te va a costar cosas —respondió—. No solo a ti.

—Lo sé.

Hubo un silencio largo.

—¿Te arrepientes? —preguntó Avelina.

Amaranthe negó.

—Tengo miedo —dijo—. Pero no me arrepiento.

Avelina cerró los ojos un instante.

—Entonces, has elegido bien —respondió—. El arrepentimiento es lo que indica que hemos vuelto a escondernos.

Amaranthe apretó la mano de Avelina.

—No quiero que te apaguen —dijo.

Avelina abrió los ojos.

—No pueden —respondió—. Pueden retirarme del ruido. Eso no es lo mismo.

La respiración de Avelina se volvió más lenta.

—Escúchame —añadió—. El error sería intentar reemplazar la tienda con otra cosa igual de pesada. No hagas de esto un método. Hazlo un gesto.

—¿Y después?

—Después —dijo Avelina—, que cada cual cargue con lo suyo un poco más despierto.

Amaranthe salió del hospital al anochecer.

En la plaza, la gente caminaba con normalidad. Algunos la saludaron. Otros, no. Nadie la evitó ya. El conflicto había pasado a otra fase: la asimilación.

Esa noche, alguien llamó a su puerta.

No era una autoridad. No era una amenaza.

Era Julián.

Tenía el aspecto de alguien que había envejecido rápido, pero con una firmeza nueva en la espalda.

—No sabía a dónde más ir —dijo.

Amaranthe abrió sin hablar.

—He oído que la tienda ha cerrado —añadió—. Y que eso era… el final.

Amaranthe negó.

—No —respondió—. Solo del lugar.

Julián asintió.

—Entonces, supongo que toca aprender a elegir sin red —dijo.

Amaranthe lo miró largo rato.

—Sí —respondió—. Pero no solo.

No entraron en la tienda. Se sentaron en el escalón.

Hablaron poco.

Y en ese gesto mínimo, sin institución ni permiso, Amaranthe entendió algo que el sistema no había previsto:

Cerrar un lugar no elimina lo que se aprendió en él.

La tienda ya no podía sostener nada.

Pero la pregunta seguía circulando, incómoda, viva, imposible de devolver.

Capítulo XXII

LO QUE QUEDA CUANDO NADIE GUARDA NADA

La tienda permaneció cerrada.

No hubo inauguración de nada nuevo. No se convirtió en oficina, ni en local vacío con un cartel torcido. Simplemente, quedó ahí, con la persiana bajada y el polvo acumulándose despacio, como hacen las cosas que ya no tienen función, pero que todavía conservan memoria.

Amaranthe pasó por delante muchos días sin detenerse.

Aprendió a vivir sin un lugar que la justificara.

Al principio, la gente no sabía cómo hablarle. Algunos bajaban la voz. Otros fingían normalidad con torpeza. Nadie le pedía nada. Y, durante un tiempo, eso dolió más que el conflicto.

Porque había días en los que la tentación volvía.

Días en los que pensaba que, tal vez, una sola copa más habría ayudado. Que un poco de orden habría evitado una herida. Que asumir el control habría sido más misericordioso que soltarlo todo.

Entonces recordaba el sonido del cristal al romperse.

No como violencia. Como límite.

Avelina murió un martes.

No hubo aviso solemne ni empeoramiento dramático. Simplemente, su cuerpo decidió no seguir sosteniendo nada más. Amaranthe llegó a tiempo para despedirse, pero no para hablar.

Avelina tenía los ojos cerrados. El rostro tranquilo. Las manos vacías.

—Gracias —susurró Amaranthe—. Por quedarte cuando nadie más lo hizo. Y por irte cuando ya no era tu turno.

No sintió culpa. Sintió continuidad.

El entierro fue sencillo. El pueblo acudió sin discursos. Algunos se acercaron después. Otros, no. Nadie pidió explicaciones. Avelina ya no era una figura útil ni incómoda. Era algo más difícil de manejar: un precedente.

Las semanas pasaron.

Julián volvió varias veces. No siempre a hablar. A veces, solo a sentarse. La mujer del niño apareció un día con otra forma de cansancio, menos cerrada. Mateo no regresó, pero alguien dijo que se había marchado lejos, intentando vivir sin esconder la rabia ni dejarla gobernarlo.

No hubo milagros.

Hubo decisiones torpes. Conversaciones incómodas. Gente que se fue igual. Gente que se quedó sin saber por qué.

Una tarde, Amaranthe entró en la tienda por última vez.

No para abrirla.

Para vaciarla.

No había mucho que llevarse. Un cuaderno viejo. Una silla. El mostrador no se tocó. Tampoco las estanterías. El lugar ya no le pertenecía. Ni a ella ni a nadie.

Antes de irse, recogió un fragmento de cristal del suelo.

Era pequeño. Irregular. Inútil.

Lo sostuvo un instante y luego lo dejó sobre el mostrador.

No como recuerdo. Como advertencia.

Cerró la puerta.

Al salir, no miró atrás.

La plaza estaba tranquila. No pacífica. Tranquila en el sentido exacto en que lo están las cosas que han dejado de delegar su peso.

Amaranthe caminó despacio.

Sabía que el mundo seguiría inventando formas de no elegir. Sabía que otros lugares abrirían para guardar lo que dolía. Sabía que el sistema siempre encontraría sustitutos.

Pero también sabía algo nuevo, firme, irrevocable:

Que elegir no era un acto heroico, ni una solución, ni un final.

Era una práctica.

Y que, mientras hubiera alguien dispuesto a sostener la incomodidad sin esconderla, la pregunta seguiría viva.

No en una copa. No en una tienda.

En el único lugar donde nunca debió dejarse:

En el cuerpo de quien decide quedarse despierto.

Lo que no se delega

No volvió a abrir la tienda.

A veces, alguien preguntaba qué habría pasado si hubiera seguido. Amaranthe nunca respondía a eso. No porque no tuviera una respuesta, sino porque entendió que imaginar finales alternativos era otra forma de no hacerse cargo del presente.

Vivía cerca de la plaza, en una casa pequeña. Trabajaba con las manos. Nada extraordinario. Nada que pudiera confundirse con una misión.

Con el tiempo, el pueblo aprendió algo incómodo: no había un lugar al que ir cuando elegir pesaba demasiado.

Eso no hizo a nadie más valiente. Pero hizo a muchos más conscientes.

Hubo discusiones que antes no se tenían. Silencios que ya no pasaban por prudencia. Gente que se fue igual. Gente que se quedó con menos excusas.

Una tarde, Amaranthe encontró a un niño observando la fachada cerrada de la tienda. No preguntó nada. Solo la miró, como si esperara que algo ocurriera.

—Aquí no guardan nada —le dijo ella.

El niño asintió.

—Mi madre dice que ahora las decisiones se quedan dentro —respondió—. Que pesan más.

Amaranthe sonrió apenas.

—Sí —dijo—. Pero no se rompen tan fácil.

El niño se marchó corriendo.

Amaranthe se quedó un momento más, mirando la persiana bajada, el polvo acumulado, la ausencia definitiva de promesas.

Pensó en Avelina. En su madre. En la niña que había aceptado callar para no perder.

No sintió culpa.

Sintió algo más raro y estable: continuidad.

Porque entendió, por fin, que elegir no era resolver, ni sanar, ni cerrar.

Era permanecer despierta cuando nadie ofrecía alivio.

Y mientras eso siguiera ocurriendo —aunque fuera en silencio, aunque fuera a destiempo—, no haría falta ninguna tienda.

Ni ninguna copa.

Ni ningún lugar donde dejar lo que solo puede sostenerse viviéndolo.

ÍNDICE

Este libro se terminó de editar en Granada en marzo de 2026 por

Aliarediciones

www.aliarediciones.es

info@aliarediciones.es